COBALT-SERIES

魔王の花嫁と運命《さだめ》の書

男装王女は潜入中!

日高砂羽

集英社

魔王の花嫁と運命《さだめ》の書

Mao no Hanayome to Sadame no sho

男装王女は潜入中！

Contents

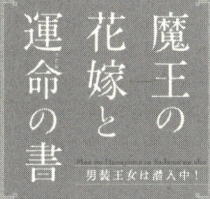

マテウス
魔女狩りで村が襲われた際、双子の妹・エマとともにセシーリアに助けられた。
エマ
マテウスの双子の妹。マテウスも知らないが、実は魔女である。
セシーリア
『ローザンヌ王国の黄金の薔薇』と称えられる王女。実は魔女。『赤の魔王』の花嫁に選ばれた。
ジゼル
セシーリアの乳姉妹で侍女。よくセシーリアの代役を務める。

魔王の花嫁と運命の書
人物紹介
ルードルフ
ヴァイスブルグ帝国の第二皇子。かつては『黒の魔王』と呼ばれた副元帥。現在は帝国図書館の館長。
エーリヒ
ルードルフの部下。コンラートには「ドS眼鏡」と呼ばれている。
コンラート
ルードルフの部下。気さくな性格だが、皮肉屋でいい加減。
アルブレヒト
ヴァイスブルグ帝国の皇太子。ルードルフの異母兄。

イラスト／紫　真依

魔王の花嫁と運命の書
Mao no Hanayome to Sadame no sho
男装王女は潜入中！

序章

その夜、ローザンヌ王国のただひとりの王女、セシーリア・バルメ・ローザンヌを訪れた客は、露台《バルコニー》に続く大きな窓を開けて、あらわれた。

「我が花嫁は取り込み中のようだな」

揶揄《やゆ》する声は、待ちわびていた春を再び遠ざけるように冷たい。

セシーリアは床にうずくまり、珠のような汗を額に浮かべて、苦悶《くもん》の声を懸命に呑《の》み込んでいたところだった。見上げれば、蠟燭《ろうそく》のわずかな明かりが男の秀麗《しゅうれい》な美貌《びぼう》を照らしている。

闇の中でも淡く輝く真紅の髪とガーネットの瞳。身にまとっているローブは鮮血の色だ。

切れ長の双眸《そうぼう》と高い鼻梁《びりょう》の美しい青年は、山間《やまあい》に佇《たたず》む石造りの離宮の二階の部屋に音もなく忍び込んできた。窓にかけた鍵《かぎ》などなんの役にも立たないとセシーリアはよく知っている。

なぜなら、男は人間ではないからだ。

「『赤の魔王』、待っていたわ」

荒い息の混じった呼びかけを聞き、『赤の魔王』が目を細めた。苦しむセシーリアを憐《あわ》れんでいるのか、蔑《さげす》んでいるのか——それとも愛《いと》おしんでいるのかよくわからない。

窓から強い風が吹きこんできた。焼かれているように熱い身体《からだ》には、痛いほど冷たい。寒気がして、全身が震える。

「……姫に夜風は毒のようだな」

男がわずかに手を動かしただけで、離れたところにある窓が音もなく閉まった。

天変地異《てんぺんちい》を引き起こし、時を操るといわれる魔王にとって、おそらく造作《ぞうさ》もないことだろう。

けれど、自分の魔力を制御できないセシーリアには、その程度のことすら難しい。

「黄金の魔女よ。苦しそうだな」

『赤の魔王』は床にうずくまるセシーリアの顔を覗《のぞ》き込む。

「なぜ魔力を解放しない？　嵐を呼び、雷を放ち、河を干上《ひあ》がらせるのは、楽しいぞ」

首を左右に振って弱々しくつぶやく。

「……そんなことしません」

セシーリアは大陸で忌《い》み嫌われる魔女だった。

ローザンヌ王国の王女でありながら、災《わざわ》いを招き、他人を呪い、神にそむくと信じられる魔女なのだ。

おまけにセシーリアの魔力は強大だった。

自分でも操れないほどの魔力は、今日のような発作《ほっさ》を引き起こす。

(誰にも迷惑をかけられない)

魔力を外に向けて放ったら、天変地異を招くかもしれず、誰かを傷つけるかもしれない。

だから、セシーリアはいつも自分の中に抑えつけようと戦っている。

今も、体内で引き起こされる魔力の発作と争っていた。

セシーリアは苦しい息を吐き出すと、魔王を呼び出した本来の目的を片づけることにした。

『赤の魔王』よ、お願いがあります」

「我が姫の頼みなら、何でも聞いてやろう」

胸に片手を当てて、鷹揚《おうよう》に微笑《ほほえ》む『赤の魔王』にひそかに唇を噛《か》んだ。

願う相手に必ず代償を求めるくせに、口ぶりは親切そのものだ。

「本当にかなえてくれますか?」

「むろん」

余裕にあふれた声音《こわね》に苦痛をひととき忘れる。

だが、同時に不安の足音を聞いた。

今から口にすることが、とてつもなくおぞましい依頼だと自覚しているためだろう。

躊躇《ちゅうちょ》するセシーリアの頰《ほお》に魔王が手を当てる。

冷気をまとった指がなめらかな頰をくすぐった。

「我が花嫁の願いならば、どんなことでもかなえてやろう」

セシーリアは唇を引き結んで繭《まゆ》のような瞼《まぶた》を閉じた。

そうしなければ、寄せてきた憤《いきどお》りの波にまかせて、魔王を罵倒《ばとう》していただろう。

『あなたの花嫁になんてなりたくない』

それは何度も心の中で叫んだ言葉だった。

セシーリアの胸元には、いくつもの薔薇《ばら》が咲いている。真紅の薔薇の痣《あざ》は、二年前の十四歳の誕生日に目の前の魔王が咲かせたものだ。魔王の花嫁の証《あかし》であるその薔薇は、誰にも見られてはいけないものだった。

薔薇は魔女の証になってしまう。

世に魔王が何人いるかわからないが、彼らは魔女からしか花嫁を選ばないせいだ。一説によると、魔王の花嫁の肉体と魂は〝夫〟である魔王の最後の糧になるのだという。

セシーリアの胸元の薔薇を見れば、秘密は容易に知られてしまうだろう。

魔女という単語の闇は、ローザンヌ王国の王女というセシーリアの輝かしい肩書きを覆《おお》い尽くすほどに、黒々としている。

セシーリアは眼裏《まなうら》の闇を払うように瞼を開いた。

今は現実の重みに打ちひしがれている場合ではない。

むしろ、魔女であることを喜ぶべきなのだ。だからこそ、魔王と交渉できる。大切な存在を守ることができるのだから。

「……わたしの王国がヴァイスブルク帝国と戦争をしているのは、ご存じですか？」

「知っている」

「その戦争にはわたしの双子の弟――ローザンヌ王国の次期王たるレオンが兵を率《ひき》いて加わっています。弟を守ってほしいのです」

「代償は？」

狡猾《こうかつ》に微笑む魔王に、セシーリアは覚悟を決めて息を呑んだ。

「これまでずっとお断りしていましたけれど、正真正銘《しょうしんしょうめい》、あなたの花嫁になります」

荒い息と共に吐きだしたセシーリアは、『赤の魔王』により床から引き剝《は》がされた。

未来の〝夫〟の胸に抱きしめられているというのに、心は冷えるばかりだ。

ひんやりとした吐息が耳たぶをかすめていく。

「つれない我が姫は、弟のためならば身を捧げるのだな」

「魔王よ、あとひとつお願いがあります」

一度囚われたら二度とは逃げられない鎖のような腕の中で顔を上げる。

見上げる魔王の真紅の瞳を強く見つめた。決断から逃げてはならない。ローザンヌを守るためにも、願いは口にしなくてはいけない。

心を縛る葛藤《かっとう》を鋭く断ち切る強さを込めて、セシーリアは言い放った。

「ヴァイスブルク帝国軍を率いるルードルフ皇子を殺してほしいのです。わたしの魔力と引きかえに」

魔王は魔力の塊《かたまり》のような存在。本来ならば、セシーリアの魔力など必要ない。

しかし、願いの代償なのだから、差し出さなければならなかった。

「いいだろう、その皇子、殺してやる」

虫をひねりつぶすように簡単に承諾《しょうだく》されて、身体がわずかに震える。

初めて他人の死を望んだ瞬間は、一生忘れないだろうと思えた。

一章　男装王女の誕生

露台《バルコニー》から見るローザンヌ王国の山々は、夏になっても消えない白い雪を頂いている。天を支えるかのような高山の山裾《やますそ》は瑞々《みずみず》しい緑に覆《おお》われて、春をことほぐ小鳥の鳴き声が高らかに響いている。

澄み渡った青空から金の陽光が惜しみなく降り注ぎ、麓《ふもと》の村々の朱に塗られた屋根はいっそう鮮やかだ。

遠くの丘にはたくさんの羊を連れた牧童が見えた。のどかな鐘の音がどこかから聞こえる。

セシーリアは腕を広げ、大きく息を吸った。

朝の風がかすかに運んでくる緑の芳香《ほうこう》が胸をいっぱいに満たす。

雲を運ぶ風と一体化したように、爽快《そうかい》なひと時だった。

「しばらくはこの光景ともお別れね」

セシーリアは金の瞳に離宮から臨む風景を焼きつける。

毎日飽《あ》きるほど眺めた景色なのに、当分はお預けとなると、すべてに惜別《せきべつ》の気持ちが生まれてしまう。

「セシーリア様、本当に行かれるおつもりですか?」

背後から声をかけられ、セシーリアは黄金の髪を揺らして振り返った。

部屋から露台に青年が出て来る。白いシャツの襟元《えりもと》を凝《こ》った形に結んだクラバットで飾り、濃紺《のうこん》のコートを着た二十歳《はたち》くらいの青年だ。

背の半ばまでの月光色の髪をうなじでまとめた端整な顔立ちの青年は、灰青色の瞳に憂《うれ》いをたたえていた。

「もちろんよ、マテウス。そのために、あなたを招いたんだから」

セシーリアはにっこりと微笑《ほほえ》んだ。複雑そうな顔をしたマテウスは、セシーリアの美貌《びぼう》に騙《だま》されない人間のひとりだ。

大粒のアーモンド形をした目は光を透かした琥珀《こはく》のよう。腰まで届く黄金の髪は陽光を束ねたかのようにまばゆい。ミルク色をした肌はできたてのクリームのようになめらか。桃色の頰《ほお》は咲き初《そ》めの薔薇《ばら》の花びらのように初々《ういうい》しい。

セシーリアを一度も見たことがないはずの詩人が捧げた美辞麗句《びじれいく》は、おおむね本人の容貌《ようぼう》を言い当てている。

『ローザンヌ王国の黄金の薔薇』とはセシーリアに捧げられた異名であるが、中身を知ったら、思い浮かべるのは野生の薔薇だろう。王宮の庭で丹精に育てられた薔薇とは、決して思えないはずだ。

「しかし……しかしですよ、無茶の一言です。男装して帝国に潜入するなんて」

「無茶なのはわかってるけど、行かなきゃならないもの。それに、潜入だなんて大げさね。ちょっとお邪魔するだけよ。ヴァイスブルク帝国が誇る帝国図書館に」

セシーリアは、今年十七になる年ごろの王女とは思えない大またで部屋へと歩いて行く。襟のつまった若草色のドレスは卓越した縫製《ほうせい》技術とペチコートのおかげで釣鐘《つりがね》型にふくらまされているが、蹴《け》飛《と》ばすように歩いているせいで、裾が勇ましく揺れている。

部屋はいつものように居心地よく調えられていた。寄木細工《よせぎざいく》の床の模様は雪の結晶を模《かたど》った可愛《かわい》らしいものだ。大陸全土の地図が壁にかけられ、大きな書棚《しょだな》にはわずかな隙間《すきま》もなく本が詰められている。火のない暖炉《だんろ》の上に、金細工の燭台《しょくだい》と並んで、麓の村の子からもらった木彫りの羊が数頭置かれている。彫りは荒いが、セシーリアの大のお気に入りだ。

部屋の中にはマテウスとよく似た女がいた。

エプロンを重ねたドレス姿の女は、慣れた様子でテーブルの上に散らかされた本を書棚に片づけていく。彼女はセシーリアを目にすると、あたたかな笑みを浮かべて出迎えた。

「姫様、お久しぶりです」

「エマ、久しぶりね。遠いところを呼び出しちゃって、ごめんなさい」

「いいえ、かまいませんわ。他の誰でもないセシーリア様のお呼び出しですもの。何をおいても、馳《は》せ参じます」

「馳せ参じるなんて、大げさな言い方はやめて」

セシーリアは眉尻《まゆじり》を下げると、ふたりを見比べた。

双子の兄妹は、服を交換したら判別がつかなくなるほどそっくりだ。

「こちらこそ呼びつけて申し訳なく思ってるの。マテウスはヴァイスブルク帝国のお役所の仕事を休んで来てくれたわけだし、エマだって働いているのに」

「姫様のためだったら、仕事くらい休みますわ」

エマが勢い込めば、マテウスが同意するようにうなずいた。

「エマの言うとおりです。わたしたち兄妹はセシーリア様に恩がある。セシーリア様は我々の命を救ってくれたのですから」

マテウスの怒りをはらんだ眼差《まなざ》しとエマの沈痛な表情に、ふたりの心の傷が未だに癒《い》えていないことを知り、セシーリアは唇を噛《か》んだ。

「……ふたりと会ってから、もう八年経つのね」

八年前、峠《とうげ》をひとつ越えた先にある帝国のエンデ村で〝魔女狩り〟が起こった。

夜半に突然、村を襲ったのは国境の警備兵だったらしい。銃と剣で武装した十人を越す兵たちは、百人以上はいたという村民のほとんどを虐殺《ぎゃくさつ》したという。

木造の家々にも火をつけられ、赤々とした焔《ほのお》は離宮からもはっきりと見えるほどだった。

助けを求める悲鳴が聞こえたような気がして、居ても立っても居られなくなったセシーリアは、離宮の護衛兵と共にこっそりと国境を越えて、村民を助けに行ったのだ。

しかし、見つけられた生存者は、マテウスとエマのふたりだけ。

傷を負い、山中で倒れていたふたりを離宮に連れ帰ると、セシーリア自ら看病したのだった。

「わたしがヴァイスブルク帝国の官僚になったのは、ローザンヌの役に立ちたいからです。官僚となれば、公《おおやけ》にされない情報に接することができ、それをローザンヌに渡すことができる。セシーリア様の頼みだって、できればかなえたいと願っております。しかし……」

マテウスは冷静さを保つように怜悧《れいり》な表情を取り戻した。

「しかし、いかにも無謀《むぼう》です。百人が聞いたら、百人とも止めますよ」

「わかってるわ、無謀だってことは。でも、どうしても行きたいの。ヴァイスブルク帝国図書館に」

セシーリアが胸の前で手を組んで訴えると、マテウスとエマは顔を見合わせた。

マテウスが重い息をつく。

「ヴァイスブルク帝国図書館は確かに大陸でも屈指の図書館です。蔵書数は群を抜いている。最大の欠点は女子禁制ということですが」

「それが困るのよっ！　なんで女をのけ者にするわけ!?　女だって本が読みたいのに！」

「姫様のおっしゃることはよくわかりますが、昔からの伝統なのですよね」

エマが憂《うれ》いがちな表情のまま続ける。

「司書も男だけですし、本の閲覧《えつらん》が許されるのも男だけ。とにかく女は中に入れないんです」

「だからよ。だから、男に扮して図書館に入りたいって言ってるの。マテウスだったら、可能なのよね？」

「わたしは人事を司《つかさど》る役所で働いていますから、セシーリア様を新米司書としてねじ込むことはできますが、しかし……」

圧倒されたのか、マテウスは助けを求めるようにエマを一瞥《いちべつ》してから、セシーリアに向き合う。

「やはり賛成できませんよ。王女という身分を隠すだけでなく、性別を偽るのは困難――」

「わたしがローザンヌ王国王女だと一目見てわかる人なんて、そうそういないから大丈夫よ。なんせ、子どものころからこの離宮に引きこもっているんだから」

あまり胸を張れない事実を堂々と開陳する。

「最近になって体調がよくなってきたけれど、わたしは空気がきれいなこの離宮でずっと暮らしてきたもの。自国内でも直接顔を合わせた人は、ほとんどいないわ。まして、他国の人間で面識があるのは、マテウスとエマくらいよ」

セシーリアの言い分に、マテウスが悩ましげなため息をつく。

「セシーリア様のおっしゃることは理解できます。力になりたいとも思っています。しかし、セシーリア様はローザンヌ王国の唯一の王女です。そのかたを危険にさらすわけには――」

「図書館に新米司書として勤めるだけよ。危険なんてないでしょ？」

「正体が暴かれたら、とんでもないことになりますよ。ローザンヌ王国の王女が敵国に潜入するわけですから」

「ヴァイスブルクとは戦争が終わって、和平の条約を結ぶことが決まってるわ。今は細かい条件を話し合っている段階だけど、敵国とはもう言えないわよ」

楽観的な認識をあえて主張すると、マテウスはとたんに渋面《じゅうめん》になった。

「ヴァイスブルクとローザンヌの均衡が危ういものだということは、セシーリア様が一番よくご存じのはずでしょう」

「ええと、まあ、そうだけどね」

桃色の舌をぺろりと出す。

ローザンヌ王国は大国に囲まれた小さな山国だ。

西は海から豊かな平原までを版図《はんと》とするレンヌ王国と国境を接し、東は緑豊かな森を有するヴァイスブルク帝国と山脈を挟んで対峙《たいじ》する。

大陸でも有数の国力を誇るレンヌ王国とヴァイスブルク帝国は常に覇権《はけん》をかけて争ってきた。

牧畜と繊維《せんい》業以外にこれといった産業のなかったローザンヌ王国は、山岳地帯で鍛えた男たちを二国に傭兵《ようへい》として〝輸出〟し、細々と生き延びてきた。

それが変化したのは、二十年ほど前だ。

ローザンヌとヴァイスブルク帝国の国境沿いで鉱山が見つかったのが、きっかけだった。

産出される鉄鉱石が良質で、しかも埋蔵量が豊富だと地質学者が認めたとたん、レンヌ王国とヴァイスブルク帝国はローザンヌへの締めつけを強化した。

輸出量を一方より増やすよう要求をそれぞれ出してきたのは序《じょ》の口《くち》で、石の質が少しでも下がれば、良質な石を相手国に輸出したのではないかと文句をつけてくる。鉱山が国境沿いにあるため、帝国は自国の鉄鉱石を奪っているのはないかと言いがかりをつけては出兵するし、レンヌ王国はそれを阻止するためという名目で兵を派遣する。

国内の貴族もレンヌ王国派とヴァイスブルク帝国派に分かれて争う始末だ。

若くして即位した父は常に両国の機嫌を伺《うかが》い、過度な内政干渉を食い止めようと必死だった。

「……お父さまの髪も薄くなるはずよ。ヴァイスブルクもレンヌも好き勝手ばかり言うんだから。この間の戦争はまさにヴァイスブルクの圧力よ。元はと言えば、悪いのは叔父《おじ》様だけどね！」

腹立ちまぎれに親指の爪を噛《か》んでしまう。

父の異母弟にあたる公爵は、母がレンヌ王国の王族の生まれのせいか、事あるごとにレンヌを贔屓《ひいき》し、ヴァイスブルクを排除しようとする。

一年前の戦争の発端になったのも、叔父の浅はかな企《たくら》みだった。

鉱山はヴァイスブルク帝国との国境沿いにあり、ヴァイスブルクの民も働いていたが、そこで争議が起きたのだ。

きっかけは些細《ささい》なことだったらしいが、ローザンヌの民とヴァイスブルクの民の対立が激しくなり、暴力をふるいあった結果、とうとう死人が出てしまった。

採掘の管理者だった叔父は、その争いに乗じて、兵を用い、ヴァイスブルクの民を国境の外に追い出した。

帝国はその〝暴挙〟を放ってはおかなかった。

自国民を保護するという名目で、第二皇子であり副元帥《げんすい》の地位に就いていたルードルフに兵を与えて、国境を侵したのだ。

ヴァイスブルクの軍が侵攻してくると、今度はレンヌの軍が救援という理由をつけて越境してきた。ローザンヌの宮廷は紛糾《ふんきゅう》し、国内は大混乱に襲われたのだ。

「本当に……ほんっとうにどっちも滅べばいいのよ！」

こぶしを握って鬱憤《うっぷん》を爆発させると、マテウスが冷静に話題を本筋に戻した。

「セシーリア様、やはりやめたほうがよろしいかと思います。リスクが高すぎ――」

「いいえ！　行くわよ！」

セシーリアはマテウスに接近すると、彼の手を握る。恋人を見つめるかのように熱い視線を向けると、マテウスは頬《ほお》をひきつらせた。

「協力してほしいの、マテウス。あなたが頼りなのよ」

「帝国図書館に潜入したいのは、レオン殿下の病気を治癒《ちゆ》する方法を探すためだと聞きましたが、ご容体はそんなに悪いのですか？」

マテウスの探るような問いに、セシーリアは瞳をくるりと動かした。

「えーと、ええ、そうなのよ」

それから、マテウスの手を放し、こほんと咳払《せきばら》いをする。

「マテウス、わかるでしょう？　ローザンヌの法は女子の王位継承権を認めない。つまり、レオンはただひとりの世継ぎよ。万が一の事態を招くわけにはいかないわ。叔父様にも王位継承権はあるけど、あんな問題だらけの人に王冠を渡すわけにはいかないもの」

叔父が王になったら、レンヌは影響力をさらに強めようとするだろうし、ヴァイスブルクの難癖《なんくせ》はもっと厄介《やっかい》なものになるだろう。

「お気持ちはわかりますが、レオン殿下の病は医師に任せるべきではないでしょうか。帝国図書館にはあらゆる本がありますが、殿下の病の治療法が書かれた本を探すといっても、難しいと思いますよ」

「医者には診《み》せたわ。でも、誰も治せないの。だけど、治る可能性がないわけじゃない。万病を癒《いや》す薬がこの世にはあるんですって。たとえば、魔女の処方箋《せん》には、そんな薬の作り方が書いてあるらしいの。そういう本を帝国図書館で探したいのよ」

「魔女ですか」

マテウスが眉間《みけん》に皺《しわ》を寄せ、憎悪をあらわにして吐き棄《す》てた。エマがおびえたように頬を強《こわ》ばらせ、自分で自分の身体《からだ》を抱く。

「魔女にそんな知恵と力があるなら、八年前の虐殺を止めてほしかったものですね」

「マテウス！　気持ちはわかるけど、八年前の話はやめましょう」

今にも倒れそうになっているエマの両肩を支えてから、セシーリアは語気を強めた。

「とにかく、お願い。もしも、わたしを助けてくれたら、これからもふたりへの援助は惜しまないわ」

「もう十分助けていただきましたよ、セシーリア様。ヴァイスブルクでの進学費用を出していただいただけでなく、わたしが寄宿学校にいた間、エマを預かっていただいたのですから」

セシーリアは面映《おもは》ゆさを隠すため、苦笑いを浮かべた。

村で神童と呼ばれていたらしいマテウスを帝国の学校に進学させるためひそかに援助したのは、レオンだ。マテウスが猛勉強をしていた間、エマは侍女《じじょ》としてこの離宮で働いていた。

マテウスがエマを大切そうに見つめると、エマは色を失った唇からあえぐように言葉を紡《つむ》ぎ出した。

「……兄さん、姫様を助けてあげて。わたしたちが今、命を繋《つな》いでいるのは姫様のおかげなんだから」

マテウスはエマからセシーリアに視線を動かすと、半顔を右手で覆《おお》ってため息をついた。しばしその姿勢で沈思《ちんし》してから、手を下ろして左胸に当てる。

「わかりました。セシーリア様とレオン殿下への恩はいずれお返ししなければと考えておりました。今回がその機会だと覚悟いたします」

「ありがとう。無理を言って、ごめんなさい」

「入国したら、すぐに働けますよ。帝国図書館の館長にはすでに話をつけてありますから」

「さすがね、マテウス。仕事が早いわ！　出世するわけよね！」

セシーリアが小さく手を叩くと、マテウスが心外そうに首を左右に振った。

「まったくもって気が進みませんが、仕方ありませんね。できる限りのご協力はいたしますから」

「じゃあ、早速用意をするわ。荷物はまとめてあるの。昼には出られるからね！」

元気いっぱいの発言を聞くと、マテウスはぎょっとしたように目を丸くする。

「セシーリア様こそ準備が早い――」

「時間がもったいないもの。ちょっと応接室で待っていてくれる？」

先に反応したのは、エマだった。

「兄さん、階下の部屋で姫様をお待ちしましょう。それでは、姫様、お待ちいたしております」

エマはかろうじて微笑《ほほえ》みを浮かべると、気もそぞろというふうに一礼した。おぼつかない足取りの彼女の肩を支えるマテウスは、妹の変化に戸惑った様子だ。

ふたりが部屋を出て行くと、セシーリアは胸を撫《な》で下ろした。

マテウスに要求を呑《の》ませるために、かなり気を張っていたのだ。

「マテウスには本当に迷惑をかけちゃうわね」

セシーリアの身分を偽って、帝国図書館に送り込む――無茶な依頼を受け入れてくれた彼に心から感謝する。

「でも、これが最良の策のはずなんだもの」

セシーリアは部屋の隅に置かれた姿見を見つめた。強い決意を秘めた金の瞳が、猛獣のように輝いている。

「絶対に見つけ出してみせるわ。『運命《さだめ》の円環《えんかん》』の書を」

そのとき、ノックの音がした。

扉を開いて顔を出した女が、にこやかに笑う。

「セシーリア様、説得は済んだみたいですね」

「待たせたわね、ジゼル。マテウスは承知してくれたわ」

入って来たのは、セシーリアと同じく金の髪と金の瞳をした二十歳《はたち》前の女だ。

遠目から見れば、セシーリアと見間違いそうな顔立ちのジゼルは、セシーリアの忠実な侍女兼乳姉妹《ちきょうだい》であり、さらに従姉《いとこ》だった。ジゼルの母はセシーリアの母の父——すなわち祖父の愛人の娘だったのだ。

セシーリアの母とジゼルの母は、その立場には明らかな差があったが、仲はすこぶるよく、セシーリアの母はローザンヌ王に嫁《とつ》ぐとき、ジゼルの母を共に連れて来るほどだった。

ジゼルの母はローザンヌの貴族と結婚し、自身の子を生んだあと、セシーリアたちの乳母を務めていたのだ。

実の姉のようなジゼルは、セシーリアが魔女だと知っているごくわずかな人間のひとりだ。

「わたしが不在の間の代役をお願いね」

「わかりました。ベールをかぶって、適当なときに庭に出ますから」

勝手知ったるふうのジゼルに、セシーリアは全幅の信頼を感じつつ、うなずいた。

「お願いね。ここにはめったにお客さまは来ないから、わたしが不在でもかまわないけど、護衛の兵にたまには姿を見せないと心配されちゃうから」

「近くに寄られるとばれちゃいますけれどね。あたしにはセシーリア様の気品は欠片《かけら》もありませんから」

「顔立ちは似てるわよ」

「空気感っていうのが違うんですよ。セシーリア様はきらきらしてますからね」

「うーん、そうかな」

「そうですよ。セシーリア様はやっぱり王女殿下だなって、いつもおそばにいるあたしだって痛感しますからね」

「男装しても、王女殿下の空気感って出ちゃうのかしら」

　頬を押さえて姿見をにらんだ。長い髪をうなじでばっさり切って、男の衣装を着たら、女顔の少年で誤魔化《ごまか》せるはずだと考えているのだが。

「わたしとそっくりなレオンが男をやっているんだから、大丈夫よね、きっと」

「そっくりな顔で男をやっていて、悪かったね」

　ジゼルのあとを追うように部屋に入って来たのは、十代初めの少年だった。

　秀でた額にかかる金の髪は夏の太陽のようにまばゆく輝き、金の瞳には子どもらしからぬ理知的な光をたたえた美しい少年だ。すんなりとした身体には糊《のり》のきいたシャツと脚衣《ズボン》を着ている。怒ったように腕を組む少年に、セシーリアは相好《そうごう》を崩して近寄った。

「レオン！」

　しゃがむとすべすべとした頬を両手で挟む。

「相変わらずすごく可愛《かわい》い。同じ年だから気づかなかったけど、レオンの子どものころって本当に可愛かったのね」

「姉さん、あのね」

「こんな姿、宮廷のご婦人がたに見られたら、たいへん！　可愛すぎて、みんな卒倒しちゃうわ！」

逃げかかる弟の身体を強制的に抱きしめて、頬をすりすりしていると、ジゼルがふたりの間に割って入った。

「はいはい、お戯《たわむ》れはそこまでにしてくださいよ。セシーリア様、いくら可愛いからって、レオン殿下の中身は十七歳の発情期まっさかりの男子なんですから。過度な接触は禁止です」

「まあ、レオンは発情期とは無縁な堅物《かたぶつ》よ、ジゼル」

「とにかく、姉さん、放してってば」

ほっぺたすりすり攻撃から必死に逃げる姿さえ愛らしいが、セシーリアはひとまずレオンを解放した。ふうと息をつく彼のシャツの皺《しわ》を伸ばしてやりながら、にわかに切なくなってしまう。

「本当に誰にも見られるわけにはいかないわ。こんな小さな身体になっちゃって」

にぎやかな空気がしんみりと湿気を帯びる。セシーリアはレオンの両肩をつかんだ。

「レオン、待ってて。必ず元に戻してあげるから」

「僕はかまわないよ、このままで」

「何を言っているのよ」

「魔王と交渉したのは僕の意志だよ。姉さんと魔王との結婚を阻止できたんだから、僕は満足してる」

凛《りん》とした眼差《まなざ》しは十七歳の姿の時と少しも変わらない。セシーリアはレオンの肩を解放すると、ドレスのポケットからハンカチーフを取り出して目元に当てる。鼻の奥がつんと痛くなった。

（半年前に時を戻せればいいのに）

ローザンヌとヴァイスブルクとの戦争が終結したのは半年前のことだ。傷ひとつ負うことなく帰還したレオンと抱擁《ほうよう》を済ませると、セシーリアは覚悟を決めた。

そして、とある夜、セシーリアは『赤の魔王』との婚礼を迎えた。

誰にも内緒で、彼と共に離宮を去るつもりだったのだ。

魔王の花嫁になった魔女の運命は誰も知らない。けれど、それも覚悟の上だった。

ところが、魔王との〝婚姻〟は成立しなかった。レオンが邪魔をしたからだ。

『魔王よ、姉さんを解放してくれるなら、僕の身体を渡してやる！』

部屋の扉を蹴破《けやぶ》って入ってきたレオンの怒鳴り声は、今でもセシーリアの耳に残っている。

魔王はレオンの要求を呑んだのだ。そして、レオンの肉体を得るために、若返りの呪いをかけた。半年に五歳ずつ若返るという呪いを。

「レオンったら、あのとき、どうして魔王に気づいちゃったのよ。魔力もないのに！」

魔力を持って生まれるのは女だけ。それは大陸では常識だ。

あのとき、レオンに魔王の姿は見えなかったはずなのだ。

「姉さんの顔色が悪かったから、なんとなく。僕には魔力はないけど、勘を働かせることはできるよ」

「だからって、なんで身体を渡すなんて言っちゃったのよ！」

「魔王は本来、魂だけの存在で、服を着替えるみたいに男の身体を換えながら生きていくって教えてくれたのは、姉さんじゃないか！　魔王にとってもっとも価値あるものは、新しい身体じゃないかと思ったんだよ！」

感情が昂《たかぶ》って、ふたりとも自然と声が大きくなる。

ジゼルが水を差すように疑問を差し挟んだ。

「それにしても、『赤の魔王』はなんでレオン殿下の身体をすぐに奪わなかったんでしょうかね」

「魔王は肉体を換えるとき、赤ん坊の身体を奪うのよ。赤ん坊の魂だったら抵抗できないから」

「レオン殿下を赤ちゃんにしちゃって、その身体に入るってことでしょう。それは前にも聞きましたけど、なんですぐに若返らせなかったのかが不思議で」

小首を傾《かし》げるジゼルに、セシーリアは唇を嚙《か》みしめた。

「若返りの呪いは身体に負担をかけるからだわ。レオンの身体が壊れちゃったら、奪うことができないでしょう？　だから、少しずつ若返らせているのよ」

赤ん坊になったレオンの身体を乗っ取り、急激に成長させる——それが『赤の魔王』の計画のはずだ。永遠の生命を持つという魔王にとって、一年半という時間など物の数ではないだろう。熟した木の実が自然と落ちるのを待つように、レオンが赤ん坊になるそのときを待っているだけだ。

（わたし、魔王になめられているわね、きっと）

時間的猶予《ゆうよ》を与えたとしても、セシーリアにはレオンの呪いは解けないと魔王は予想しているに違いない。

セシーリアはルードルフ皇子を殺害する依頼と引きかえに、魔力のほとんどを差し出した。だから、レオンの呪いを力ずくで解くことができない。

「絶対に呪いは解いてみせるわ。そのためにも帝国図書館に行かなくちゃ」

どんな呪いでも解くという方法が記された究極の魔法書である『運命の円環』。

それさえ手に入れれば——呪いを解く正しい手順さえわかれば、セシーリアのわずかに残った魔力でも、レオンの呪いを解くことは可能なはずだ。

「姉さん、帝国図書館に行くのはやめよう。どう考えても無謀《むぼう》だよ」

「レオン、この件については、何十回も話し合ったでしょう。わたしに言わせれば、帝国図書館に『運命の円環』がある可能性が一番高いんだから」

「幻の書とまでいわれているのに？　帝国図書館に行ったとしても、本はないかもしれない。

そうなったら無駄足だよ」

「あのね、レオン。前にも説明したけど、ヴァイスブルク帝国図書館は魔女狩りの最中に魔女から没収した本が大量に所蔵されてるの。ヴァイスブルクは、大陸中でもっとも激しい魔女狩りがあった国よ。魔女を処刑したら、財産は根こそぎ没収した。庭に植えていた花ですら抜いたって言われているほどよ。それこそ本の類《たぐい》はあらかた帝国図書館に集められたんだもの。あそこにある可能性は、十分にあるわ」

少なくとも、当てもなく大陸中を放浪するよりはよほどましだ。

（わたしには時間がないのよ）

レオンに呪いがかけられて、半年が経つ。

その間、セシーリアは身分を隠して国内の図書館や修道院を巡り、片っ端から怪しげな本を読んだ。

しかし、『運命の円環』は見つけられない。

「レオンが赤ちゃんになるまで、あと一年ちょっとしかないのよ。一番可能性が高い場所からつぶしていかないと、間に合わないわ」

セシーリアは立ち上がると、壁にかけている大陸の地図を眺めた。

時間はない。のんびり大陸中の図書館を訪れるなんてできないのだから、見つかりそうなところをまずは調べておくべきだ。

「その『運命の円環』なる魔法書を誰でも読めればいいんでしょうけどね」

ジゼルが悩ましげに首を傾げ、頬《ほお》に手を当てる。

「だといいんだけどね」

セシーリアは地図の横に備え付けていた書棚《しょだな》から書を手にとると、ジゼルのそばに寄って本を開く。

「『旦那様《だんなさま》が一目置くおいしいお惣菜《そうざい》百選』こんなものを読んで、なんの役に立ててるんですか？」

料理などほとんど作らないセシーリアには、不必要な本だと思っているのだろう。

セシーリアは本のページを見せながら、パラパラとめくっていく。

「それは表向きの内容よ。中に書かれているのは、旦那様をむらむらさせる媚薬《びやく》の作り方に奥様のお色気を倍増させる香草茶の配合などなどよ」

「どこにも書かれていませんよ。おいしそうなチーズ料理のレシピは書かれてますけど」

「だから、これは魔法書なの。魔女だけが読める魔法文字で、全然違う内容が書かれているのよ」

筆写された本には、様々な料理のレシピが記されているけれど、魔女ならば異なる内容を目にすることができる。

実際、セシーリアには黒い字で書かれたレシピの合間に、黄金色に輝く魔法文字が読み取れる。

これは魔女が後世に伝えるために書いた魔法薬の処方箋《せん》なのだ。

「……ぜんっぜんわかりません」

「だから、ふつうの人じゃ見つけられないのよ。魔女でなければ、魔法書は読めないの」

「厄介《やっかい》だよね。なんで、魔女はそんなもったいぶったことをするんだろう」

不満そうなレオンに、セシーリアはぱしりと本を閉じてから説明する。

「色々な理由があると思うわ。魔法書は教会から禁書に指定されるからそれを逃れるためだったり、ばれないように隠し持っておくためだったり、後世の魔女に対する挑戦だったりね。魔法書は隠さなければならない……でも、魔法は誰かに伝えたい。だから、こんな手の込んだことをするのよ」

セシーリアはぼろぼろの表紙をやさしく撫《な》でた。この本には魔女の英知が詰まっている。しかし、それは公《おおやけ》にはできない知恵なのだ。

多くの人々は、魔女をむやみやたらと恐れている。

「つまり、魔法書は魔女以外には探り当てられないわけですね」

ジゼルがお手上げというように肩をすくめる。

突然、レオンが手を叩いた。

「いいことを思いついたよ、姉さん。エマに頼めばいいんだ。エマにマテウスの恰好《かっこう》をして図書館に行ってくれるよう頼めば――！」

興奮したように声が大きくなるから、セシーリアはレオンの口を片手でふさがねばならなかった。

「レオン、マテウスに聞かれたらどうするの！　マテウスはエマが魔女だって知らないのよ」

セシーリアがめっとたしなめると、レオンはあわててセシーリアの手に自分の小さな手を重ねた。

マテウスたちの両親は、エマが魔女であることを双子の兄であるマテウスにすら隠していたのだ。

もっともこれは不思議ではなかった。魔女狩り以来、魔女だという事実は家族にすら話せなくなってしまったのだ。

セシーリアが魔女だと知っているのも、片手で数えられる人だけ。叔父《おじ》だって知らないはずだ。セシーリアとエマが互いの正体を知っているのは、打ち明けあったからだった。

ジゼルが小声でささやいた。

「レオン様の言うとおりですよ、エマに頼めばいいじゃないですか」

「エマにこの本を見せたけど、読めなかったわ。魔法書は魔力の大きさや魔法書の難易度で読めるかどうかが決まるから」

エマは魔女といっても、その魔力は乏《とぼ》しく、せいぜいそよ風を吹かせられる程度だ。

魔王に捧げてしまったが、かつては嵐を招くほど膨大《ぼうだい》な魔力を持っていたセシーリアとは、魔法書を読み取る力の差が歴然としている。

「じゃあ、エマに、マテウスに化けて図書館で本を探してくれという依頼は出せないんですか……」

「それはそうよ。魔法書を見つけられなかったら、意味がないんだから」

セシーリアはつかつかと書棚に近づくと本を戻し、勢いよくふたりを振り返った。

「これでわかったでしょ。わたしは興味や願望で帝国図書館に行きたいと言ってるんじゃないの。やむにやまれぬ事情があるから、男装してでも行くって言ってるのよ！」

こぶしを握って突き上げた。

「待ってなさいよ、『運命の円環』の書！　絶対に見つけ出してみせるからね！」

気合十分な発言に、ジゼルとレオンは顔を見合わせてから首を左右に振った。

「なによ、ふたりとも」

「セシーリア様、心配です。本当に心配ですよ、その無駄な気合が」

「冷静さを失って、とんでもない失敗をしでかしそうだよね」

「帝国図書館って大陸随一《ずいいち》の蔵書数を誇るんでしょう？」

「本好きな姉さんにとっては、天国だよね」

ふたりの目には疑念がありありと宿っている。

「ま、まさか、わたしが本を好き放題に読みたいがために、帝国図書館に行こうとしてるんだって、疑っているわけじゃないわよね」

「ありえるよね、ジゼル」

「充分ありえますよね、レオン様」

ふたりは同時に大きくうなずく。

「こんな状況で、そんな気持ちはない……わよっ！」

「今の間はなんですか、セシーリア様。正直におっしゃい」

ジゼルは近づいてくると、ずいっと顔を寄せた。セシーリアは大あわてで両手を振る。

「絶対にそんな欲望はないわよっ！　本の山に埋もれられるわとか、こっそり図書館に泊まっちゃおうかなとか！　そんなこと考えてません！」

「姉さん、僕はやっぱり行かせられな――」

「もう、だから！　わたしは絶対行くってば！」

癇癪《かんしゃく》を爆発させるセシーリアにレオンは眦《まなじり》を吊り上げた。

「姉さん、わかってるの!?　ヴァイスブルクは決して友好国とは言えないんだよ。そんなところに姉さんを笑顔で送り出せるわけがないだろう?!」

「レオン！　じゃあ、わたしに若返っていくあなたを黙って眺めていろって言うの!?」

セシーリアの剣幕に圧倒されて、レオンが啞然《あぜん》として口を開いている。

「そんなこと、できるわけないでしょ！　耐えられるわけないでしょ！　それなら、レオンを救う方法を探しに行くわ！」

「姉さん、でも……でも、やめようよ。もしかしたら、姉さんが帝国との和平の祝賀式典に出席しなくちゃいけないかもしれないのに」

「それは叔父様を行かせるよう調整してもらっているでしょう。レオン。わたしはどうしても行きたいの。帝国図書館に行って、『運命の円環』を探す。実物がなくても、手がかりがあるかもしれないんだから」

セシーリアは黄金色の瞳に力を込めて、レオンを見つめた。

「絶対にあきらめないわ。最後の最後まであがいてみせる」

たとえ、帝国図書館に行ったとしても、『運命の円環』は見つからないかもしれない。

それでも、セシーリアは図書館に行きたかった。

なんの努力もせず諦観《ていかん》に身をまかせるなんて、まっぴらだ。

未来と運命を変えるためには、自ら行動するしかない。

刃を交えるようにレオンと見つめあっていると、ジゼルの笑い声が響いた。

緊張感を損《そこ》なうほがらかさに、セシーリアの肩から自然と力がもれる。

「ふたりとも、本当にそっくり。さすがに双子ですね」

「ジゼル、何を言っているんだよ」

レオンのしかめっ面《つら》にジゼルは腹を押さえて笑う。

「だって、ふたりともこれと決断したら、絶対に曲げないんですからね。本当によく似てらっしゃるんですから」

「僕は姉さんみたいに頑固じゃないよ」

十代初めのあどけなさを残したレオンの顔には、心外と書いてある。

セシーリアは姉の余裕を示すように鼻で嗤《わら》ってみせた。

「何か言いたそうだね、姉さん」

「レオンのほうがずーっと頑固でしょ。ヴァイスブルクとの戦争のときだって、周囲の反対を押し切って前線に行っちゃったじゃない」

「そんなの、王子として当たり前の義務を果たしただけだろう。姉さんこそ岩みたいに頑固じゃないか。男装してヴァイスブルクの図書館に潜入しようなんて、無謀《むぼう》な計画に固執するんだから」

「あなたのためなんだからね、レオン！」

「僕のためを思うんだったら、この離宮に一緒にいてくれたほうがましだよ！」

レオンの叫びに、セシーリアは息を詰まらせた。

若返りの呪いをかけられてから、レオンはこの離宮に住んでいる。病気だと発表されて。

（本当は病気じゃないのにね。わたしは魔女で、レオンは呪いをかけられている）

セシーリアが病弱という理由をつけて離宮に閉じこもっていたのは、魔力を制御できなかったからだ。無尽蔵《むじんぞう》の魔力は、ときとして銃が暴発するように雷や突風と化して肉体という檻《おり》からあふれでる。

『赤の魔王』に魔力を与えるまで、セシーリアは自分の力に振り回され続けていた。

（わたしは王女の務めを果たせない役立たずなのよ）

おまけにレオンの呪いだ。

ローザンヌを将来支えていかなければならない王太子と王女が、ふたりそろって公《おおやけ》にできない理由で離宮に閉じこもっている。

父は臣下の反発を押さえるのに苦労しているはずだ。

「刻一刻と薄くなるお父様の頭髪のことを考えたら、レオンの呪いを一日でも早く解く必要があるじゃないの」

「父さんの額はもうかなり後退しているんだから、手遅れだよ」

「レオンの馬鹿。お父様はあなたのことが心配でたまらないのよ」

「父さんは姉さんのことを心配すると思うけどね。姉さんは父さんを禿《は》げさせるだけでなく、寿命を縮めるつもりなの？」

やや冷静になったものの、議論は結局のところ平行線だ。

セシーリアは深いため息をついてから、挑みかかるようにレオンをにらんだ。

「止めても無駄だからね。わたしは絶対に行くんだから」

レオンは小さくうつむいた。しばしの沈黙に、セシーリアは困惑する。

「レオン？」

「僕は姉さんを失いたくないよ」

頭を上げたレオンは途方に暮れた表情をしている。帰り道を見失った迷子のように心細く見えて、セシーリアは思わず弟に近づくと、きつく抱きしめた。

「ね、姉さん？」

「不吉なこと言わないで。それにその言葉はわたしが言うことでしょう？　わたしはレオンを失いたくない」

離宮に引きこもり、誰とも会えないセシーリアをレオンはたびたび訪問しては、外の世界のことを教えてくれた。

社交界でのマナー、ヴァイスブルク語やレンヌ語の発音、ダンスのステップ——すべてレオンが伝えてくれたことだ。

（レオンはわたしを守ってくれた）

だから、今度はセシーリアがレオンを守らなければならない。

「レオン、もう止めないで。わたしの決意は揺るがないわ」

セシーリアはレオンの身体《からだ》を放すとにっこりと微笑《ほほえ》んだ。

小さい弟は新鮮で可愛《かわい》らしいけれど、セシーリアは元の姿を取り戻したくてたまらない。

レオンはあるときからセシーリアの身長を完全に抜いて、いつも頭ひとつは上から姉を見下ろすたのもしい青年になっていた。

そんな弟をローザンヌ王国のためにも取り返さなくてはならない。

「姉さん」

「さて、お話は済みました？」

ジゼルがいつの間にか右手に持った鋏《はさみ》をちょきちょきと動かした。

「さ、セシーリア様。もったいないけど、すぱっといっちゃいましょうか」

「……ジゼル、その鋏を貸して。姉さんの髪は僕が切るよ」

レオンの一言にセシーリアは目を丸くする。

「レオン……」

「姉さん、座って」

レオンの気が変わらぬうちにとセシーリアはジゼルが用意した椅子《いす》にそそくさと座る。

椅子の下には真っ白な布が敷かれていた。

「レオン様、髪はうなじのところで切るんですよ」

「わかってる」

「ジゼル、念のために切った髪でかつらを作っておいてね」

「まかせてください な」

レオンはセシーリアの背後に立つと髪を一房手にした。

しばらくそのままでいたが、意を決したように鋏を入れる。さくりと音を立てて、髪の毛が落ちていく。セシーリアは目の前にある姿見を凝視した。

（……もう戻れない）

覚悟はしていたはずなのに、胸の奥に痛みが走った。

ひとりで帝国に赴《おもむ》くことは、やはり怖い。半年前、ローザンヌの国中を巡っていたときには感じなかった恐怖がある。

けれど、同時に妙な昂揚《こうよう》が生まれはじめていた。

初めて籠《かご》から出た鳥が広くて青い空を見上げたら、今のセシーリアのような気持ちになるのではないか。

「……姉さん、僕は心配だよ。姉さんは世間知らずだから」

「大丈夫よ、レオン。わたし、本をたくさん読んだから、そんなに無知じゃないわよ」

「本だけを読んで、世の中を知ったような気になるのは危ないよ」

一房一房、黄金の髪が切り落とされるたびに、セシーリアは身体が軽くなっていくような錯《さっ》覚《かく》に襲われる。今しも背に羽が生えて、空に飛んでいけそうだ。

「ええと、ちゃんと用心するわ、レオン。だから、そんなに心配しないで」

「姉さんが目の届かないところに行くんだよ。不安でたまらないよ」

レオンのため息が首筋をかすめて、セシーリアはくすぐったくなってしまう。

「レオン、大丈夫だって。マテウスとエマも助けてくれるから」

「そうですよ、レオン様。ふたりがセシーリア様を支えてくれますって。セシーリア様の手紙だって、エマがこちらに送ってくれる手はずになっているんですから」

ジゼルの補足にレオンは答えない。

無言で髪を切り落としていく。

セシーリアは不安になった。レオンはやはり怒っているのだろうか。レオンとけんかしたまま、ヴァイスブルクに行きたくない。

「レオン、聞いて。たとえ、どこに行っても、わたしが一番大切なのはレオンよ」

ヴァイスブルクに行くのはレオンのためだ。それ以外の理由などない。

「姉さん、僕もだよ」

レオンの同意は熱を帯びていて、セシーリアはにわかに照れくさくなってしまう。

「わ、わたしたち、双子だもの。互いが大切なのは当然だわ」

母の胎内《たいない》にいるときからずっと一緒だったのだ。だから、レオンが誰よりも愛《いと》おしく思えるのは当たり前だ。

「そうだね」

姿見の向こうのレオンは、寂しげな微笑みを浮かべている。まるでセシーリアが帰って来ないと危ぶんでいるみたいだ。

「レオン、わたし、ちゃんと戻って来るからね」

鏡の向こうのレオンに約束する。

(そうよ、絶対に『運命の円環』を探し出して帰るわ)

決意を心の内に刻んで、鏡をにらむ。

髪はだいぶ短くなっていて、心なしか中性的な雰囲気《ふんいき》を宿しはじめている。

(男の子でもいけるかも)

声を低めれば、なお効果的かもしれない。自信が少しずつ育《はぐく》まれていく。

希望がふくれていく。ゆるみそうな頬《ほお》を引きしめていると、レオンの目が自分に向けられていることに気づいた。

「レオン？」

彼は最後の一房にくちづけてから鋏を通す。

「……姉さん、覚えておいて。姉さんを心から愛している男は、僕だってことを」

切り落とされた髪が滑るように落ちていく。

白い布に敷き詰められた黄金の髪は、もつれる金の鎖のようだった。

二章　帝国の黒の魔王

ヴァイスブルク帝国の首都・アイトは北東に広がる森と南西に流れる大河に挟まれた古都だ。白い石造りの建物が街中を埋め尽くし、濃い緑の木々が色を足している。

離宮を出立《しゆったつ》してから山を越え、河を下り、時間にして七夜が過ぎ去ったあと、セシーリアはようやく待ちに待った帝国図書館に辿《たど》りついた。

「やっと到着したわー！」

広大な敷地を誇る図書館は、門から建物の入り口まで並木道が続く。早朝の木漏れ日《こもれび》を浴びながら歩いていると、鼻がむずむずしてしまい、大きなくしゃみをひとつした。

隣のマテウスが平坦な声で問う。

「風邪《かぜ》ですか、レオン」

「ええと、違うわ……じゃなくて、違うよ、マテウス。なんだか空気がほこりっぽい……んだよ」

口調を男のものに改めながら答える声は、いつもより低かった。マテウスが怪訝《けげん》そうに眉《まゆ》をひそめる。

「声が変ですよ」

「疲れてるせいかもね」

あははと短くなった頭をかいて答える。

実は魔法で声を低めたのだ。魔力のほとんどを失ったとはいえ、小手先の魔法は使える。

「だったら、よろしいのですが」

「マテウスったら心配性。わた……僕は元気だよ」

と言いながら、白が基調の制服の胸をはる。

ヴァイスブルク帝国の図書館司書の制服は、白いシャツと金のエナメルボタンがついた襟《えり》の高いコート、黒の脚衣《ズボン》。クラバットは簡単に結んだ。

布をきっちり巻いたから、心配したほど胸は目立たない——どころか、胸だけ見ても女だと気づかれない自信がある。

魔王の花嫁の証《あかし》である薔薇《ばら》が咲いてから、セシーリアの月のものは止まった。

魔王の魔力を浴びると、人間の身体《からだ》には何らかの変化が生じるせいだ。

月のものが止まったおかげで、セシーリアの肉体は女らしい丸みに欠けている。女子にしては哀れなほど胸が薄っぺらいが、男装には好都合だ。

「ずっと山の上で暮らしていたから、空気が合わないのかも」

「そうかもしれませんね。わたしも初めて下界に降りたときは、空気にもうまい、まずいがあるのだと実感したものです」

「エンデ村は僕の離宮と同じくらいの標高にあるもんね」

「レオン、君は離宮になんか暮らしたことがありませんよ。わたしと同じエンデ村の出身で、両親を亡くしたあと頼ったグラーベン修道院にて、ヴァイスブルク帝国での異端弾圧の歴史を調べている見習い修道士でしょう」

「わかってる。正式な修道士になるために論文を書かないといけないから、帝国図書館に資料を漁《あさ》りに来たんだよね。ついでに司書のお勉強もするっと」

「その設定、忘れないでくださいね」

マテウスに横目で釘を刺されてうなずいた。

彼が手にしている手提げかばんの中には、グラーベン修道院の推薦状《すいせんじょう》が入っている。

マテウスが用意したものだ。

（グラーベン修道院の院長って高徳な司教らしいけど、いい人なのね。マテウスの頼みをきいてくれるなんて）

院長はマテウスが寄宿学校で学んでいたときの教授だったのだという。飛び級で卒業するほど成績優秀だったマテウスをずいぶん可愛《かわい》がっていたらしい。

「僕はエンデ村でマテウスのお隣に住んでいた」

「ええ、本物のレオンはやんちゃな男の子でした」

マテウスが眉を寄せて遠くを見た。

セシーリアが名前を借りた、偶然にも弟と同じ名の〝レオン〟はとうに死んでいるのだ。魔女狩りの巻き添えにあって。

「院長さんは僕のことを疑ったりしなかった？」

「大丈夫でしょう。魔女狩りで親を殺された不幸なレオンは非常に出来がよいが、引き取った親戚《しんせき》は進学を反対している。ついては、図書館で臨時の司書の仕事をさせつつ勉強させて、ゆくゆくは修道士の道に進ませたいという手紙を書いたら、快《こころよ》く推薦状をくださいましたよ」

「それってマテウスが優秀だから、信じてくれたんだよね。でも……でも、その言い訳で、この図書館の館長は納得してくれたわけ？」

セシーリアは白大理石で建てられた重厚な建物を見上げる。

箱型の建物は長い年月を経たくすみはあるが、それがかえって創建からの歴史を感じさせて、重々しい。平坦な屋根には等間隔に白亜《はくあ》の立像が飾られ、建物の随所《ずいしょ》に帝国の紋章である剣を爪に挟み王冠をかぶった双頭の鷲《わし》が浮き彫りにされている。

意匠《いしょう》をこらした図書館は、威圧感に満ちていた。

「ルードルフ殿下ですか？」

「そうよ。なんで皇子が図書館の館長をしているのか疑問だけど」

「図書館は皇家が創立したので、皇族男子が館長を務めるのが慣習だそうですよ。それから、ルードルフ殿下はレオンの勤務を二つ返事で了承してくださいましたから」

「わあ、いい人っていうか、やっぱり困るわよっ、館長がルードルフ殿下だなんてっ！　おまけにお飾りじゃなくて、定期的に出勤してるってどういうこと!?」

セシーリアは両手で頭を抱えた。

(会いたくない！　殺してくれって魔王に依頼した相手に会うなんて気まずいわよ！)

戦争中、生死不明という一報が流れたが、すぐに生存の情報に否定された。それを聞いたときは、青ざめたものだ。

(帝国の黒の魔王……さすがに死神に嫌われていると噂《うわさ》されるだけはあるわよね)

どんな激戦の地に赴《おもむ》いたとしても必ず勝利を手にして帰るルードルフは、『黒の魔王』と呼ばれ、周辺国から恐れられている。

ローザンヌと帝国との戦争は、結局のところ和睦《わぼく》で終わった。ルードルフは生きていて、レオンも生きている。

だからといって、セシーリアの心が穏やかでいられるわけがない。誰かの死を望むということは、その死を背負うことだ。結果として、ルードルフの死を背負わずに済んだことに、セシーリアは安堵《あんど》し、安堵する自分の覚悟のなさに情けなさを覚えている。

セシーリアの内心の恐慌を知らないマテウスは、さらりと事情を説明する。

「しかし、ルードルフ殿下だからこそ、〝レオン〟をねじ込むことができたんですよ。殿下はエンデ村の魔女狩りに対して、ひどく同情していらっしゃるようですから」

「なんで？」

瞼《まぶた》をぱちくりさせたセシーリアに、マテウスはいつものように苦い表情で過去を語る。

「あのあたりは殿下の領地ですから。離宮もあったんですすよ。魔女狩りのときに焼けたそうですが」

「魔女狩りで皇族の離宮まで焼いちゃったの？」

さすがにやりすぎだろうと驚いて軽くのけぞると、マテウスは首を横に振る。

「魔女が報復として魔法で火を放ったと言われているようです。事件の顚末《てんまつ》を書いた調査報告書にそう記されていました」

「国を率いる皇族への復讐ってこと？　そんな馬鹿な――」

口元を片手で覆《おお》って、考え込む。

そもそも、そんなことができる魔女なら、おとなしく狩られるはずがない。

「魔女は魔力を用い、天変地異《てんぺんちい》を引き起こして災《わざわ》いを招くと言われていますから、事実かもしれません」

「それはどうかな」

厳しい表情のマテウスに、セシーリアは思わず疑問を口にしてしまう。

両親はおろか隣近所の親しい人まで亡くしたのだから、マテウスの憤《いきどお》りは理解できる。

しかし、そもそもエンデ村に狩られるほどの魔女がいたかが疑問だ。エマは確かに魔女だが、彼女の魔力はささやかなもので、一緒に暮らしているマテウスにさえ隠し通せるほどのものなのだ。

「わたしに言わせれば、村の魔女狩り自体がおかしな話ですがね」

「そうだよね。村のみんなを巻き添えにする理由がわからないし、そもそも、今ごろ魔女狩りだなんてありえない。魔女狩りが盛んだったのは、二百年前から百五十年前くらいなんだから」

セシーリアは腕を組んでうなずく。

魔女への嫌悪は大陸から消えてなくなったわけではない。

しかし、実際に魔女を〝狩った〟時代は遠く過ぎている——と信じたいが、エンデ村の事件が起こったことを考えたら、魔女狩りの火種はまだくすぶっているのかもしれない。

（他人事《ひとごと》じゃないわ）

エンデ村の事件は、セシーリアの心にも濃い影を落としている。

魔女は今でも排除される存在なのだと思い知らされてしまうからだ。

セシーリアは以前にも訊いたことをもう一度確認する。

「……村の魔女狩りは結局のところ、証言できる人がいないんだよね」

「狩った側の兵士がみな死んでいますからね。それも魔女の報復だと調査報告書には書いてありました。国境の警備の隊長が当日の日誌に書いた〝今から魔女を狩りに行く〟という一文だけが証拠なんです。村は夜ふけに突然襲われ、両親はわたしとエマをかばって死にました。わたしたちは隙《すき》を見て逃げ延びるのに精一杯でしたよ。村は焼かれたあと、村民の死体のほかに兵士たちの死体が転がって——」

「もういいよ、マテウス」

マテウスの手を思わず握る。彼がかぶっている憎悪の仮面がゆっくりと剝《は》がれ落ちた。

「……すみません」

「ううん。とにかく、ルードルフ殿下は村の生き残りに対して、すごく同情的だってことだよね」

「はい。わたしが卒業後、すぐに帝都で働けるようになったのも、殿下のおかげですから。本来なら地方に配属されるのが一般的なんですが」

「優遇されているってことなんだ」

「……そういうことになりますね」

マテウスが気まずげにうなずく。セシーリアは曲げた指を頤《おとがい》に当てて考え込んだ。

(つまり、ルードルフは自分の領地で起こった不祥事《ふしょうじ》を申し訳なく思ってるってことよね)

マテウスが中央の役所に取り立てられたのも、レオンをねじ込めるのも、ルードルフが村を気にかけているからだ。正直なところ、ルードルフが館長でなかったら、セシーリアの潜入は成立しなかったかもしれない。しかし――。

「ありがたいけど、困るんだよねっ！　あとひと月たったら、セシーリア王女がヴァイスブルクを表敬訪問する予定なのに！」

頭をわしわしと掻《か》いた。マテウスがかばんから取り出した封筒を脇に挟んで、冷静に問う。

「和平条約締結の祝賀のためですよね」

「そうよー！　結局、叔父様の出席は断られたから、わたしが行かないといけないのよっ！」

最低だと天を仰《あお》いだ。

ローザンヌは小国だから、結局のところ、ヴァイスブルクの要求を突っぱねられない。

帝国の〝お招き〟を断ることなどできないのだ。

(若返りつつあるレオンを公《おおやけ》に出すわけにはいかない)

魔女や魔法が忌《い》み嫌われている大陸で、レオンの変化はとんでもない醜聞《しゅうぶん》だ。

だから、叔父を代理にしようとしたが、戦争の原因になった男を寄越すなと拒否された。となれば、出席できる王族はただひとり。

セシーリアは事前に父に伝えていたのだ。叔父の出席を断られたら、自分が赴くと。最悪の結果が書かれたローザンヌからの手紙を受け取ったのは、昨日だった。

式典には、当然のようにルードルフがいるだろう。つまり、セシーリアは男装姿と王女の姿の両方で彼に面会しなければならない羽目になったのだ。

「帝国のお偉方はセシーリア王女のご出席に満足するでしょうね」

「そりゃそうよ。美女の噂だけが広まっているセシーリアが、初めて公に姿をあらわす場に選ばれたんだから、さぞ自尊心が満たされたでしょうねっ！」

怒りのあまり放り投げるように答えてしまう。

すかさずマテウスが唇に指を当てた。

「レオン。声が大きいですよ」

「ごめんよ、マテウス。僕、つい興奮しちゃって」

「いいんですよ、レオン」

と応じるマテウスの目が冷ややかだ。セシーリアは肩をすくめると、ごまかすように図書館に向けて歩き出した。マテウスがすかさず横に並ぶ。

「ああ、楽しみだなぁ。本が読み放題って天国だよね」

「レオン、引き返すなら今のうちですよ」

「僕、白旗は絶対にあげない主義なんだ」

「わたしとしては、戦略的撤退《てったい》をお薦《すす》めしたいところですね」

「嫌だね。考えてみれば、僕の正体がばれるなんて考えられないし。図書館司書をやっている少年と隣国の深窓の王女が同一人物だって結びつけられる人はいないと思うんだ」

「確かにそんな馬鹿げた行動をする王女は、目の前のひとりしかいません」

マテウスをにらむと、彼は真顔でうなずいている。

「王女殿下に失礼だよ、マテウス」

「次に唇を開くときは、王女殿下の話はなしですよ、レオン」

マテウスの忠告に従い、セシーリアは唇を鎖した。

図書館の入り口が近づきつつあった。

(わー、大きい――!)

図書館は長方形の建物で二階建てになっている。

等距離に設けられた小さな窓。双頭の鷲《わし》が彫られた重厚なオークの扉は、大きく開け放たれている。門番の兵士の敬礼に、マテウスが小さくうなずいて応えた。

ホールに入ると、期待に胸がふくれあがった。

宝石のように磨《みが》かれた大理石の床、柱を飾るのは古代の神話で知恵を司《つかさど》る女神と彼女に仕える双頭の鷲の像だ。

壁にかけられているのは世界地図のタペストリー。精緻《せいち》な作りと鮮やかな色遣いについ見入ってしまいそうになる。

「レオン、わたしは館長室に行ってきます。今からお伺《うかが》いしていいか念のために確認をしますので」

「う、うん」

とりあえず新任の挨拶《あいさつ》をしなくてはいけないと事前に伝えられていたが、できれば避けたい。

「いないといいね」

「いつかは会わないといけないでしょう。とにかく待っていてください」

マテウスがホールの東の奥に消えていく。そちらに館長室があるのだろうか。

(待っていろと言われてもね)

正面の扉の上には閲覧室《えつらんしつ》の表示がある。

(ごめん、マテウス。本がわたしを呼んでるのっ！)

セシーリアはそそくさと閲覧室の扉を開く。開けると、そこは天国だった。

(すっごーい！　本だらけ!!)

喜びの悲鳴をふさぐため、口を掌《てのひら》で覆《おお》わなければならなかった。

うれしすぎて、頭に血が上る。鼻血が出るんじゃないかと心配になるほどだ。

広い空間に所狭しと置かれた書棚《しょだな》。書棚を突き破らんばかりに埋めるのは数多《あまた》の本だ。

中央は吹き抜けになっているが、二階も書棚が林立している。飴《あめ》色をした閲覧用の机と椅子《いす》が等間隔に並べられ、数人の男たちが机上《きじょう》に本を山と積んでいる。

(……こんな天国を男だけが独占できるなんて、ひどいわ)

帝国への恨みがふつふつと込み上げる。

(本当に腹が立つわ。女帝・ローゼマリーの心の狭さには!)

元は領邦《りょうほう》国家の寄り集った名目だけの帝国を八十年前に統一したのは、女帝・ローゼマリーだった。

選帝侯という特別な貴族の選挙で選ばれる実権のない皇帝を、国の隅々まで支配する力を持った本物の皇帝にしたのは、男ではなく女だったのだ。

(ローゼマリーはこの図書館を女子に解放してくれなかったのよね)

マテウス曰《いわ》く、女帝は、帝国図書館は男だけのものであり、女の入館を許さないと言明したらしい。

『その肉体はペチコートを着ていても、その魂は鋼《はがね》の鎧《よろい》をまとっている』

ローゼマリーを評した言葉だ。逆らうものは容赦《ようしゃ》なく叩きつぶし、選帝侯たちから選挙権を奪って、ただの貴族にした剛腕のローゼマリーは、自分以外の女が知恵をつけることを嫌ったのだろうか。

実質的な帝国の創始者であるローゼマリーの言葉はよほど重いのか、帝国図書館は今でも男だけのものだ。

（本当に腹立たしいけど、男として入館したからには、がっつり読ませてもらうわよ！）

セシーリアは小走りで書棚に向かう。

入口近くの書棚に並べられたのは、大陸諸国の国教となっている聖教から禁書に指定された本の数々だ。

（うわー、希少な本がもりもりある！）

聖教を批判した在野の宗教家の本に、教会の腐敗を物語仕立てにした告発本、それから魔法の理論書。

（この理論書、でたらめだらけなのよね。男が書いたものだから、しょうがないけど）

魔力を持って生まれ、魔法を操れるのは女だけ。男に魔法の真髄《しんずい》がわかるはずがない。

ざっと一瞥《いちべつ》してから、セシーリアは書棚の間を小走りに抜けていく。

奥まで辿《たど》りついたところで足を止めた。

魔女から没収した本が並ぶ書架があった。

（まずはここから捜索開始よ！）

心の中で腕まくりして、素早く本の背表紙を見渡す。作成された年代も材質も様々な本がずらりと並んでいた。

大昔の羊皮紙《ようひし》の本に、製本された祈禱書《きとうしょ》。手書きの日記に、筆写された教典。

(こ、これって、まさか血痕?)

取り出した本の表紙についた黒ずみに頬《ほお》を引きつらせる。なんせ、魔女狩りの犠牲者から没収した本だ。本になんらかの痕跡があっても、不思議ではない。

(……この中の何冊が本物の魔女の所有物なのかしらね)

魔女狩りのときに狩られた女の多くは、魔女ではなかった。

ごく普通の女たちが、ろくに証拠のない裁判や拷問《ごうもん》から引き出した証言で魔女という烙印《らくいん》を押され、殺されたのだ。

痛ましい思いで本を眺めてから、気を引き締める。

耳を澄ませるように魔力を研《と》ぎ澄ませた。魂が引き寄せられる感覚を探ろうと集中する。引き寄せられた右手のままに、数冊の本を抜き出すと左手で抱えた。

(うーん、それにしても手が届かない!)

気になる本が、手を伸ばしてぎりぎり取れそうな位置にあった。セシーリアはつま先立ちして、本の背表紙を摑《つか》み、抜き出しかける。

そのときだった。

(え、なに?)

小川のせせらぎのような、あるいは葉擦れの音にも似た澄んだ響きが耳に届く。

月光のようなきらめきが静かに降り注いでくるが、おそらくそれを感じ取ることができるのはセシーリアだけだろう。

（魔法の気配だわ）

ただ人には感じ取れない音と光に魂が引き寄せられていく。

（なんなの、これは）

眼裏《まなうら》にちかちかと光が散る。ガラスをこするような音が脳内できんと鋭く鳴って、本を摑んでいた指から力がすとんと抜けた。支えを失った本が頭上に落下する。足がもつれ、身体《からだ》の均衡が崩れて、書架に背中をしたたかに打ちつけてから、その場にへたり込んだ。

（うわ、本が）

書架から飛び出した数冊の本が落ちてくる。思わず頭を抱えたが、本が床にぶつかる音はしたものの、衝撃は襲ってこない。

恐る恐る頭を上げると、書架に片手をついた男がセシーリアを不機嫌そうに覗《のぞ》き込んでいる。周囲に本が散らばっているのを見ると、彼がかばってくれたようだ。

「あの、ありがとうございます」

礼を口にすると、男が書架についていた手を離した。頭上から影が退いて、セシーリアは息を詰めていたことを自覚する。立ち上がろうとすると、彼が手を差し出した。おずおずと握り返した手は大きくて硬い。

楽々と引き上げられて、力の差に驚きつつも、彼を観察することは怠《おこた》らない。

年は二十代初めくらいだろうか。

右目を眼帯で隠した精悍《せいかん》な容貌《ようぼう》の青年は目つきが鋭く、ただ黙って見つめられているだけでも震え上がりそうな迫力がある。セシーリアの頭ふたつ分くらいは背が高い恵まれた体格をしているが、天与のものだけでなく自ら節制して鍛えているのだろう。

黒い艶《つや》やかな髪と軍服としか思えない黒い上着と脚衣《ズボン》、上品な光沢《こうたく》を放つ銀色の肩章とボタン。そして、何より闇を従えるような黒い左眼。

（うー、すっごくいやな予感がする）

腋《わき》を冷たい汗がくだっていく。青年は足下に落ちていた本を拾うと、セシーリアに手渡してきた。おずおずと受け取ると、ほとんど確信に満ちた声で問われる。

「新入りか」

「は、はい」

ごくんと喉《のど》を鳴らしてから、セシーリアはかろうじて愛想笑いを浮かべる。

「レオンといいます。マテウスさんのご紹介を受けてこちらで働かせていただくことに――あの、ルードルフ殿下」

「館長でいいぞ」

ああやっぱり、と軽くうつむいた。

目の前にいる威圧感に満ちた青年が、『黒の魔王』と呼ばれている帝国の第二皇子ルードルフなのだ。

（この男がすべての発端なのよ）

セシーリアはそっと上目遣いで彼を見上げた。

ローザンヌを攻めるのがルードルフだと聞いたとき、セシーリアはほとんど恐慌状態に陥《おちい》った。一度も負けたことがない男がローザンヌを踏みにじろうとしていると、恐怖に震えた。

レオンを失わないためには、ルードルフを死なせるしかない。

そう考えて魔王と取引したのに、ルードルフは生きている。

「助けていただいて、ありがとうございました」

正体を知ってしまったからには、再度礼を言うしかない。ルードルフは冷たい目をしてセシーリアの背後を指さす。

「あれが見えないのか?」

指示どおりに振り返ると、少し離れた場所に踏み台があった。

「わー気づかなかったー。あんなところに踏み台があるなんて!」

「なぜ気づかない」

「すみません。僕、本しか見ていなかったものですから」

てへっと笑って後頭をかいたが、彼の表情は寸分も緩《ゆる》まない。

罵倒《ばとう》か叱責《しっせき》か、とセシーリアは身構える。

「そんなに本が好きか?」

拍子抜けするような質問に、しばし言葉を失ってから、ようやく答える。

「……はい、好きです」

「なぜだ」

「……自由になれるから、でしょうか」

セシーリアは小首を傾《かし》げて答える。

魔力を制御できず、病弱と偽って離宮に引きこもるしかなかったセシーリアの唯一といっていい趣味が、読書だった。本を読んでいる間は、王女でありながら、社交の場に出られない役立たずな自分への鬱《うっ》屈《くつ》を遠ざけることができたからだ。

「本を読んでいるときは、冒険家にも英雄にも悪人にも娼《しょう》婦《ふ》にもなれるから、楽しいですよ」

そう言ってから、あたりに散らばった本を拾い出す。

しゃがんで本を拾っていると、左手に重ねた本をルードルフに取り上げられた。

「じ、自分でやるからお手伝いは結構です」

「……自由になりたいのか？」

静かだが力のこもった眼《まな》差《ざ》しを向けられて、セシーリアは戸惑う。

「僕は、今、自由ですが」

答えてから、自由という言葉がすとんと胃袋に落ちた。

レオンを助けたいがための決断だったが、セシーリアは本当の身分と性別から解放されてここにいる。

（うーん、でも、自由とは違う……ような）

嘘と偽りで塗り固めた人生に、さらなる嘘が重なっただけだ。

そう思うと、かなり情けない。

「そうか、自由か」

「ええ、修道院は規則が厳しいですからね」

セシーリアは〝設定〟を思い出して、すかさず補足した。

「おまえの出生届は確認したが、事件のあとグラーベン修道院に行ったのか?」

セシーリアはまたもや腋を伝う冷や汗を感じずにはいられなかった。

(わざわざ出生届まで確認したんだ)

おそらくエンデ村の役所に保管されていたものだろう。村は魔女狩りのあと廃墟同然になったから、どこかに移管したのだろうか。

「ええ、そうなんです」

セシーリアは言葉少なにうなずいた。

エンデ村の事件は悲劇だから、ことさら突っ込まれることはないはずだ。

「修道院を訪れたマテウスさんにこちらで資料を探したいとお願いしたんです。本当に感謝しています」

「そうか。しっかり働け」

と言うルードルフは本を抱えたまま立ち上がった。セシーリアもあわてて立ち上がる。

書架を見上げて彼が問うた。

「まだ欲しい本があるのか」

「え、なぜですか」

「おまえは小さいから代わりに取ってやる」

「ち、小さいって……」

確かに平均的男子と比べると小さいが、指摘されると心臓が跳ねあがる。

「ないのか」

「あります！　えーと、そこの『お片づけ百の法則』と『旦那様《だんなさま》が喜ぶジャガイモ料理百選』と『絶対常備！　家庭の医学』を取っていただけると助かります」

すべてセシーリアの手の届かぬところにある本ばかりだ。

「……ふざけたタイトルばかりだな」

「まじめにつけられていると思いますけど」

「おまえが選ぶ本がふざけていると言っているんだ」

とぼやきながらも、ルードルフは三冊とも抜き出してくれた。

「わあ、ありがとうございま――」

「レオン！」

書棚《しょだな》の向こうの通路に、ずざっと音を立てそうな勢いでマテウスがあらわれる。

「殿下、申し訳ありません。レオンが何か粗相《そそう》でもいたしましたか？」

そう問いながら大股《おおまた》で近づいてくるマテウスの眦《まなじり》が吊り上がっている。怒りをあらわにした形相《ぎょうそう》に、セシーリアは思わずルードルフの背後に隠れた。

「本を自分の上に落としていたぞ」

「それはたいへん失礼をいたしました。レオン、君はどうしてわたしの言いつけを守れないのかな?」

口調の端々ににじむ刺々《とげとげ》しさに、セシーリアは頬《ほお》を引きつらせる。

(わー真剣に怒ってる)

ルードルフの背中から躍り出ると、あわてて頭を下げた。

「ご、ごめんなさい、マテウスさん。僕、早く本を見つけたいものだから、つい」

「本当に心配しましたよ、勝手にいなくならないでください」

マテウスの目は口よりもなお雄弁に焦燥を訴えている。

セシーリアはさすがに申し訳なくなった。

(マテウスってば、わたしのことをかなり心配してくれているのね)

本音では早くローザンヌに送り返したくてたまらないのだろう。

しかし、セシーリアとしては目的を果たすまで帰ることはできない。

「ところで、レオン。殿下にご挨拶《あいさつ》はしましたか」

「はい、一応しました。改めて、よろしくお願いします」

ルードルフに丁寧《ていねい》に頭を下げる。顔を上げると、視線がばっちりあってしまい、たじろいだ。

森の中で熊と出くわしたとき並に怖い。

「あの……」

す。

「どこかで会ったことがあるか？」

ルードルフの問いにマテウスと顔を合わせた。マテウスが驚愕《きょうがく》の表情でセシーリアを見返

（え、えええええ、ない、ないわよ、ないはずでしょ！）

離宮に閉じこもっていたセシーリアがルードルフと会うはずがない。

（も、もしかして、レオンを見た……とか？）

弟のレオンだ。まさか、戦場でばったり出くわしたりしたのだろうか。

（ない、ないはずよ。どっちも後方で指揮をとっていたはずだし、それに、帝国から持ち出された停戦は使者とのやりとりで決めたんだから）

頭を必死にひねったが、結局のところ、セシーリアの返事はただひとつしかない。

「きょ、今日が初対面ですよ」

上ずった返答にその場が静まり返る。さらに困惑を深める羽目になった。

（ええー、何、この嫌な感じは!?）

ルードルフは眉《まゆ》を寄せて不機嫌そうだし、マテウスは頭をがっくりと垂れて、絶望的な空気を漂わせている。

「ええ、あの、僕、何かその、間違えましたか？　もしかして、会ったことはありませんが、運命を感じます、とかって答えるべきでした？」

「そんなとってつけたような返答は要らん」

ルードルフが本を抱えたまま通路へと歩き出す。セシーリアは呆然《ぼうぜん》としてその背を見送り、それからあわてて追いかける。

(嫌だ、なんなの、本当に会ったことがあるのかしら)

首を傾《かし》げながら、彼の右斜め後ろを歩いた。

「おい、わざと死角に立とうとしているのか」

「ち、違いますよっ! 畏《おそ》れ多くて、館長と並んでは歩けないでしょう!」

むきになって否定すると、声が響いたのか閲覧席《えつらんせき》に座っている男が咳払《せきばら》いをした。セシーリアは片手で口を隠してから、ルードルフに並ぶ。

「右は見えにくいから、立つな」

「あ、すみません」

ルードルフは眼帯をしているのだった。

彼の背後を回ってそそくさと左に並んだところで、セシーリアはふと気になった。右目が見えないのは病気でもしたのだろうか。

「右目、病気をされたのですか?」

「この間、痛めた」

簡潔な答えにセシーリアの血の気が引いた。

この間、とはローザンヌとの戦争中だろうか。

「もしかして、ローザンヌとの戦争中にけがをされたのですか?」

「ああ、そうだ」

衝撃で動けなくなった。魔王に殺してくれと頼んだものの、ルードルフは死ななかった。けれど、右目を負傷したのだ。

（わたしのせい……）

肩が岩を載せられたように重くなった。

足が止まって動けないセシーリアを数歩進んだルードルフが振り返る。

「おい、どうした」

「す、すみません。なんでもありません」

重い足を無理やり動かすと、彼と並んだ。どうしても気になって顔を見上げると、ルードルフが怪訝《けげん》そうにする。

「何か言いたいことがあるのか」

「あの、もしも、目が見えなくてご不便があるなら、手伝いますから」

「そうだな。銃の弾道がずれて獲物を逃したり、敵に斬《き》りかかって仕留めそこなったりしたら、そのときは手伝ってくれ」

「それは無理です」

罪悪感にかられて口にした申し出は、一蹴《いっしゅう》されたも同然だった。

追いすがるようにたずねてみる。

「その他にはないですか？　僕が手伝えること」

「じゃあ、この本を持て」

と言われて、彼が抱えていた本を二冊渡してくる。

受け取ったところで、気づいた。

「す、すみません、本、全部持たせてしまって！」

拾った本を全部抱えさせていた。

ルードルフがひんやりとした視線を向ける。

「今ごろ気づいたのか」

「本当にすみません、気遣いが足りず」

本を受け取ろうと手を差し出したが、ルードルフはかまわず先に進む。

「あのう」

「おまえは小さいから力もないだろう。だから、俺が運ぶ」

「あ、ありがとうございます」

またもや小さいと言われたことにがっくりし、視線をつま先に落とした。

（わたし、この人から右目を奪ってしまった）

ルードルフは敵なのだ。その死を望むのは当然で、彼を排除しようとした選択に間違いはなかったはずだった。事実、先ごろの戦争では、ローザンヌの兵からたくさんの犠牲者が出たのだ。

帝国は緒戦《しょせん》で平地に引きずりだしたローザンヌの軍の三分の一を戦闘不能に追いやった。ローザンヌは山岳地帯に隠れ、ゲリラ戦に持ち込むしか有効な策がなくなったのだ。

結局は、長期戦になるのを嫌がったらしい帝国側が停戦を申し出て、和睦《わぼく》の交渉が始まったのだが、戦争続行となったら、ローザンヌの犠牲者はおびただしい数になったはずだ。

だから、ルードルフの目のことで心を痛めなくていいと強がっても、そんな強気はすぐにしおれてしまう。

取り返しのつかない過ちをしたと自らを責める声がさざ波のように寄せて来る。

「殿下、グラーベン修道院の院長からの推薦状をお渡ししたいのですが」

「こいつを作業部屋に送ってから、確認する」

マテウスに答えてから、ルードルフはセシーリアを見下ろした。

「一緒に働く奴らを紹介してやる」

「わー、ありがとうございます」

セシーリアは空元気《からげんき》を発揮して、礼を言った。

「部屋を教えてくださったら、ひとりで挨拶に行きますけど」

「ついでだから、かまわん」

むしろひとりのほうが気楽なのに、と心の中で涙を流しつつ、閲覧室からホールに出て、さっきマテウスが去ったのとは逆の方向に進む。

突き当たりにいくつかの部屋があった。オークの扉が等距離に並んでいるが、心得たように先に立ったマテウスが真ん中の部屋を開ける。

ルードルフに続いて部屋に入ると、古い本独特の匂《にお》いが満ちている。壁際には書棚があり、中央の机を挟んでふたりの男が座っていた。

「殿下ー！　会いたかったー！」

椅子《いす》を倒しながら立ち上がったのは、毛先が不規則に跳ねた赤毛の青年だった。

ルードルフと同じくらい体格のよい青年は、飼い主を見つけた犬のように目を輝かせて近づいてくる。

「ひどいですよー！　三日も顔を見せに来てくれないなんてー！」

青年は雄叫《おたけ》びをあげながらルードルフに突進するが、無言であっさり避けられた。

「うえええー！」

ルードルフの背後にいたセシーリアはもろにとばっちりを受けた。

なぜか赤毛の男に力いっぱい抱きしめられる羽目になったのだ。驚きのあまり、持っていた本を落としてしまう。

「は、放してくださいよっ！」

「ちっちぇーなー！　俺のポケットん中、入るんじゃねぇの？」

「そんなに小さくありませんよっ！」

頭をぐりぐり撫《な》で回されるわ、体重を容赦《ようしゃ》なくかけられて倒れそうになるわで、セシーリアは必死に腕の中から脱走しようとするが、全然逃げられない。

本を机に置いたルードルフが青年の首に右腕を回して引っ張った。

「う、ちょ、殿下、まじで死にますって」

「新入りをからかうのは、そこまでにしろ、コンラート」

ぐいぐいと首を絞めているさまは、本気であの世に送ろうとしているようにしか見えない。

セシーリアは啞然《あぜん》として《し》ふたりを見比べる。

「レオン、無事ですか？」

「う、うん」

マテウスに半分上の空で返事をする。

ぼさぼさになった頭を撫でて、全身をざっと見下ろす。身体《からだ》に触れられてしまったが、見破られなかっただろうか。

（……なんとか大丈夫みたい）

ルードルフに首を絞められているというのに、コンラートは幸せそうだ。

飼い主に乱暴に撫で回されて喜んでいる大型犬のようだった。

「で、殿下、げほ、ちょ、やめましょうよ」

「うれしそうな声を出すな、気味が悪い」

コンラートを解放したルードルフはふたたび抱きつかれそうになったが、これまたつれなく避けている。

そのままセシーリアに近づいてくると、肩を一叩きした。

「何かわからないことがあったら、ここのふたりに訊け」

「は、はい」

ルードルフはマテウスを促して部屋の外に出る。

マテウスは心配そうにセシーリアを見てから、一緒に去って行った。

扉が閉まると、コンラートがつかつかと近づいてきて、セシーリアの手を握る。

「マテウスが連れてきた新入りだろ？　俺は、コンラート・フォン・ロートシュタットだ。よろしくな！」

「よ、よろしくお願いします」

無遠慮《ぶえんりよ》に顔を覗《のぞ》き込まれて、頬《ほお》を引きつらせた。

落ち着きなく跳ねた炎色の髪、興味津々《しんしん》といったふうに見つめてくる榛《はしばみ》色の瞳。皺《しわ》だらけの白いシャツとコート、雑な結びのクラバット。同じ制服とはとても思えない。

粗野な顔立ちで体格も恵まれているのに、ルードルフと違って威圧感に乏《とぼ》しいのは、親しみのこもった眼差《まなざ》しのせいだろうか。

「やー、ほんと、ちっちぇーなー。おまけに女みたいな顔だし」

大きな両手で頬をすっぽり挟まれて、危うく悲鳴をあげるところだった。

必死に丸呑《まるの》みすると、彼を鋭くにらむ。

「女じゃありません！」

「わかってるっつーの。しかし、ほんとに女みたいだわ」

「男ですよ、正真正銘《しょうしんしょうめい》の。なんだったら、股《また》の間をさわります!?」

賭《か》けのような脅《おど》しは成功し、コンラートは両手をぱっと離した。

「俺、そんな趣味はねぇから」

「僕だってありませんよっ。でも……でも、この顔でどれだけ泣かされてきたことかっ」

と続けると、腕で目を隠す。

「え、や、ちょ、何、泣いてんだよ」

「女みたいにきれいな顔のせいで、街を歩いていたら変態男に付きまとわれたり、修道院では同僚に壁ドンされたり……この図書館でも同じ目に遭《あ》うなんて」

「や、だから、そんな趣味はねぇって」

「わかったら、もう二度と僕のことを女みたいって言わないでくださいねっ！」

「わ、悪かったな、おまえの心の傷、ぐりぐりえぐっちまって」

頭をわしわしとこね回されて、セシーリアは眦《まなじり》を吊り上げた。

「だから、反省してないでしょっ。僕は可愛《かわい》いけど男なんですから、おさわり禁止！」

「さわり心地いい頭なのになぁ」

名残《なごり》惜しげに頭を放され、セシーリアは両手で髪を撫《な》でつける。

「さわり心地いいからって、くしゃくしゃにするのやめてくださいよ」

「やー、おまえ本気でちっちぇーな。弟みたいだ」

「弟さん、僕みたいなんですか？」

「いや、どうだったかなぁ」

「……なんですか、それ」

思わずつっこんでしまった。コンラートはへらへら笑ってから、セシーリアの肩を叩く。

「とにかく、よろしく。何でも訊いてくれていいけど、俺、軍人が本職だから、図書館の仕事は全然わかんねぇんだよな。仕事に関しては、あいつに訊いてくれや。おい、エーリヒ、エーリヒ！」

肩を鷲掴《わしづか》みされて、引きずられる。馬鹿力に面食らいながら足を動かして、部屋の半分を占《し》める机に近づいた。

机には本が山積みされている。椅子に座って、分類カードに書名を記入していた青年がコンラートを見上げた。

「きさまの目には、わたしがよぼよぼの年寄りに映るのか。無駄に大声は出すな」

きちんと梳《す》かれて撫でつけられた黒髪と皺《しわ》のない制服は几帳《きちょうめん》面な性格を示しているようで、セシーリアは若干《じゃっかん》おののく。銀縁眼鏡《めがね》の奥の青い瞳が冷たく凝《こご》って、セシーリアを見た。

「わたしはエーリヒ・フォン・ブラウバッハだ。仕事の件をそいつに訊いても無意味だから、不明な点はわたしに訊け」

「は、はい、よろしくお願いします。僕はレオン――」

名乗ろうとして、ふと思い出した。

（ロートシュタットとブラウバッハ？　どこかで聞いたことがあるような……）

辿《たど》りついた答えに、背中を汗が伝った。

「……あの、もしかして、お二方は選帝侯の親戚《しんせき》か何かですか？」

「よくわかったなー！　俺もこいつも選帝侯ん家の跡継《ち》ぎなんだ！」

エーリヒの肩を得意げに抱くコンラートを見るや、意識が一瞬遠のいた。

（なんで、よりによって選帝侯の関係者がふたりも……！）

ヴァイスブルクでは皇家に次ぐ名門貴族だ。

かつては皇帝を選挙で選ぶ権利を有していた文句なしの有力者であり、今でも貴族の中では別格の存在だった。

（祝賀式典で会ったら、まちがいなく最初に紹介されるほうだ……）

ルードルフだけでも厄介《やっかい》なのに、またしても王女姿で会わなければならない人間が増えた。

セシーリアは心の中で滝の涙を流す。

エーリヒがコンラートの手を邪険に払う
「気安くさわるな」

「けちなこと言うなよ。おまえ、ちっさいことに拘《こだわ》るよなぁ」

「ちっさいことだと!?　わたしの立てた作戦をことごとく無視することがちっさいことか!?」

「や、あれはしょうがないだろ。戦場では臨機応変が大事なんだから」

「減らず口を叩くな！　きさまが作戦を理解できないだけだろうが！」

「おまえの作戦、まだるっこしすぎんだよ」

「自分の鳥頭を棚《たな》上《あ》げするな」

「じゃあ、鳥頭にもわかるような作戦を立ててくれよ」

大の男二人がぎゃあぎゃあ言い合うそばで、セシーリアは現実から逃れるように小さな窓の外を見た。

（おうちに帰りたいよー）

とはいっても、今は朝で一日は始まったばかりだ。

気力と体力がごっそり抜け落ちていくのを感じながら、セシーリアはふたりの言い争いを漫然と聞いていた。

三章　男装王女は捜索中

朝の光がカーテンの隙間《すきま》から斜めに差して、セシーリアは本から顔をあげた。

ベッドの上に寝転がり、徹夜で魔法書を読んでいたのだ。

図書館から借りだした本だった。本の貸し出しは一般の閲覧者《えつらんしゃ》には禁じられているが、司書には許されている。

「やだ、もう朝」

一度瞼《まぶた》を閉じて、ため息を吐き出してから、勢いよく起き上がり、ベッドのふちにこしかける。

窓の外では小鳥たちがちゅんちゅんと元気に鳴いていた。

両腕を天井に向けて伸びをしてから、部屋を見渡す。

テーブルと椅子に、備え付けのクローゼット。最低限の家具しかない部屋だ。せめてもの飾りにとテーブルの上の花瓶《かびん》に活《い》けた紫の花が、殺風景《さっぷうけい》な部屋に潤いを与えてくれる。

図書館近くの役人用寮の一室をマテウスは用意してくれていた。

『一緒に住みましょう』

とマテウスは強く言ったが、セシーリアは辞退した。

マテウスとエマが住んでいる集合住宅は図書館から遠いので、通勤に時間がかかる。できるだけ長い時間、本の捜索をしたいセシーリアには、不都合だったのだ。

（それに、わたしの時間は本を読むことだけにしか使いたくないし、そんな姿見られたくないし）

侍女《じじょ》として仕えてくれたエマはとっくに悟っているだろうが、マテウスの目にはあまり晒したくないものだ。

セシーリアは胃袋を押さえると、立ち上がった。

ぐうっと盛大な音が響く。

（お、おなか、空いた）

力なくよろめいた。昨日は丸一日ごはんを食べなかったのだ。

（本を読んでいたら、ごはんなんか食べる時間がなくなっちゃうんだもの）

と心の中でつぶやいた。ジゼルが聞いたら、大きなため息をつくだろう。

『セシーリア様、部屋を掃除せずに汚部屋《おへや》にしちゃうのはかまいませんけど、ごはんは食べるんですよ』

本に集中したら生活すべてが滞《とどこお》るセシーリアを見越しての忠告だったが、大当たり。

一日くらい食事抜きでも大丈夫と思ったが、やはり胃袋空《から》っぽはつらい。

「誰かわたしの代わりにごはん食べてくれればいいのに」

そうしたら、ごはんを食べるという作業に時間を割かずに済む。

「ついでに、誰かわたしの代わりに寝てくれたらいいのになぁ」

『運命《さだめ》の円環《えんかん》』を探すために時間をすべて使いたい。寝るなんてもったいなさすぎる。

「だって、寝ている間は何もできないんだもんって……嘘、こんな時間!?」

テーブルの上の懐中時計を見て、目を剝《む》いた。

急がないと遅刻だ。

「やだ、もう、くだらないこと考えてるから！」

大あわてで顔を洗い、歯を磨いて空腹をごまかすと、制服に着替える。

声を低める呪文を唱えながら部屋を飛び出すと、太陽の光が目に染みてよろめいた。

「め、目がしょぼしょぼする……！」

二階の部屋から猛ダッシュで階段を駆け下りると、その勢いのまま図書館へと突っ走る。

今日の朝食抜きはすでに決定事項となっていた。


「うーん、どこにあるのかな、『ノランにおける羊毛取引市場の誕生とその発展』って」

セシーリアは地下書庫にある書棚の背表紙を順繰りに追っていた。閲覧者から閉架《へいか》書庫にあるはずだと分類カードを渡されたのだ。

帝国図書館の蔵書数は膨大《ぼうだい》だから、自由に閲覧できるようにしているのは一部の本である。

貴重な本や、あまり人気のない本は、閉架書庫に片づけられるのだ。

司書の仕事の中には、閲覧者が読みたいという本を探すこともある。

「どう考えても、あるはずの棚にない！」

セシーリアは書棚をにらんで吠える。

すると、エーリヒの声がふたつ先の書棚から響いた。

「レオン、ここにある」

「あ、そうですか、すみません」

彼のもとに近寄ると、エーリヒが本を取り出した。眼鏡《めがね》の位置を正しながら、表紙を示す。

「これだろう。『ノランにおける羊毛取引市場の誕生とその発展』」

「ありがとうございます！」

本を受け取って確認する。

無数の本からよくぞ探せるものだ。感心して見上げると、エーリヒが無表情で見下ろしてくる。

「なんだ？」

「よく探し出せるなと思って」

「著者名が似た棚を当たっただけだ。片づけた奴がまちがえたんだろう」

「あ、そういうことですね」

セシーリアは本を整理しているエーリヒを眺めながら、頭に浮かんだ疑問を口にした。

「エーリヒさんはコンラートさんの同僚だったんですか？」

「今まさに同僚をしているだろう、不本意だが」

「いや、コンラートさんは軍人が本職って言っていたから」

軍人なのになぜ図書館司書をしているのか、大いに謎だ。

そもそも、名門貴族である選帝侯家の次期当主たちが司書という地味な仕事に従事しているのが、疑問なのだが。

「話せば長くなる」

「あ、じゃあ、けっこうです」

セシーリアはくるりと背を向けた。

閲覧者が本を待っているし、なにより、自分も魔法書捜索にかからないといけない。

「……君は絶対に出世しないタイプだ」

「いつまでも下っ端でかまわないです！　失礼します」

セシーリアはそそくさと逃げた。

(無駄に長い時間、接触するわけにはいかないのよね)

歓迎式典で顔を合わせたときに、疑いを抱かれては困る。

(でも、びくびくしていると変よね。よけいに疑われちゃいそう)

何かやましいところがあるのではないかと勘繰られ、かえって注目されてしまう可能性がある。それは絶対に避けたい。

(うーん、バランスが難しい)

嫌われないよう笑顔を振りまき、自分の仕事はきっちりするが抱え込みすぎないように気をつけ、ほどほどに付き合うが、深入りはしない。

何かの本で読んだ職場での処世術だ。

誰もが身につけられる術ではないから、わざわざ記述されるのだろう。

仕事をするというのは、なかなか難しい。日々、実感してしまう。

通路を小走りで進み、閲覧室のカウンターへ着くと、探した本を手渡した。

学者ふうの男が喜びをあらわに本を手にし、席へと戻っていく。

そこはかとない満足感を覚えつつ、閲覧室を見回る。

閲覧室の最奥に来たときだった。

(あ、また)

魔法の気配がする。金のきらめきが鱗粉《りんぷん》のように落ちて来る。耳を澄ませると、せせらぎに似た音がした。魔法に関わるものがあると示す音だ。

セシーリアは最奥の壁をにらんだ。

壁には図が描かれている。円の中に数式を思わせる形で細かな文字が書かれている。

あの黄金図は男の目には見えない。

魔女にしか見えない紋様だ。

眉《まゆ》を寄せ、図に見入っていると、たえまなく鳴っていたかすかな旋律をかきけすように、正午を告げる教会の鐘が鳴った。近隣にある木造の古い教会の鐘だ。

「あ、お昼」

昼休憩が終わると、閲覧者相手のカウンター業務にはつかなくてよい。論文作成のための資料集め——という名目の『運命の円環』探しに取りかかれる。

いったん作業部屋に戻ろうとホールに出て通路に入る。

角をひとつ曲がったところで、壁にドンと手を突かれて追いつめられた。

「ぎゃ——————！」

「よお、レオン！　女みたいな悲鳴だなー！　おい！」

壁と大柄な体軀《たいく》の間にセシーリアを挟んだのは、コンラートだ。野性味のある顔を笑いでくしゃっと崩している。

「ななな、何するんですか？」

「えー、なんかさー、避けられてるみてぇだから、ちょっと止めてみた！」

「さ、避けてませんよ！」

とっさに言い訳する。

働き出した当日から、コンラートはセシーリアにちょっかいを出してきた。

セシーリアの行くところについて回ったり、いないと思ったら、陰から飛び出して驚かしてきたり。さすがにうっとうしくなって、彼を見かけたら逃げを打っていたのだが、ばれていたようだ。

「本当かよー？」

「ほ、本当ですよ。っていうか、なんで僕にかまうんですかっ」

ほったらかしにしてほしいのに、コンラートはそうしてくれない。全身に針を立てたねずみのようににらむと、コンラートは悲しげに目尻を下げた。

「だって、弟ができたみてぇだなぁと思ってさ。俺の弟、死んじまってるから」

「え？」

「八年前にって、あ、やべ、泣けてきた」

本気で瞳をうるうるさせているコンラートを困惑しつつ見上げる。

「それはご同情しますけど、だからって、僕を追いかけるのはちょっとちが――」

言いかけた言葉が途切れる。コンラートの背後にあらわれたエーリヒが、片手で持つのがやっとという厚さの本を赤毛の頭に容赦《ようしゃ》なく振り下ろした。

「ぐわ！」

コンラートが前のめりに倒れるから、思わず支えようと手を伸ばしてしまい、すぐに失策だと悟った。

大柄な彼の体重を支えられるはずもなく、セシーリアは壁伝いに尻餅《しりもち》をつく羽目になった。

目の前で膝をついたコンラートが、振り返ってがなりたてる。

「いって！　おまえな！　そんな分厚い本で殴《なぐ》んなよ！」

「醜《みにく》い。口説《くど》くなら個室でやれ」

エーリヒの無慈悲《むじひ》な通告に、セシーリアは青ざめた。

「僕は女の子が好きなんですよっ！　男はお断りです！」

「俺だって女が好きだっつーの！　男は性的対象じゃねぇよ！」

「だったら、往来でいちゃつくな。迷惑だ」

「いちゃついてねぇよ、親交を深めてんだよ」

「だったら、個室で親交を深めろ」

　去ろうとするエーリヒの足をコンラートの悔《くや》しまぎれの一言が止める。

「このドS眼鏡《めがね》！　さすがにえげつない策でローザンヌの軍をおびきだすだけはあるよな！」

　エーリヒが凍《い》てついた視線でコンラートを見下す。

「丘にこもったローザンヌの軍を火攻めにして平地に追い立てたことか？　あの丘が枯れ草だらけで助かったな」

「獲物を狩るんじゃねぇんだぞ。人間相手によくやる――」

「きさまは作戦会議の内容を全然聞いていないな。ローザンヌの弱点はなんだ？　人口が絶対的に少ないことだ。すなわち兵にできる人員が少ないということだろうが。ローザンヌの兵は剽悍《ひょうかん》で有名だが、いかんせん量が不足している。平地に出せば、陣の薄さでわかるだろう。奴らの数をさらに減らすには、野戦で叩くのが一番だ」

「結局、そのあとは山に逃げられただろ！」

「奴らの常套《じょうとう》手段だろう。山岳地帯に逃げて、ゲリラ戦に持ち込む。長期戦でしのごうという策だ。だが、本気で長い間は戦えない。兵の人員不足は補えないからな。だから、今度は付き合って、徹底的に叩こうと進言したのに、殿下が――」

そこでエーリヒは黙った。セシーリアを一瞥《いちべつ》してから、背を向ける。

「あ、エーリヒ、おい！」

「昼だ。わたしは食事に行く」

「あー！　俺も行くぞ！　殴った詫《わ》びに奢《おご》れ！」

「なぜ、わたしがきさまに奢らねばならん！」

「詫びだ！」

「馬鹿を言うな！」

ぎゃあぎゃあと言い合っているふたりの声が耳の表面をすべっていく。

（ああ、この男《ひと》たち敵なんだわ）

そんな当たり前のことを突きつけられて、胸が無数の針で刺されたように痛い。

ふたりはローザンヌの戦いに従軍したのだろう。ルードルフの部下として。そこで、ローザンヌの兵を殺したのだ。

（たとえ、それが軍人の義務だとしても）

受け入れられるはずがない。

悪魔のように開き直った声が心の底で響く。

ルードルフの片目を奪ったくらい何だというのだ。ローザンヌの失われた兵たちを思えば、当然の報いなのだと。

（そうよ、ささやかな復讐じゃないの）

気づけば視線が床に落ちていた。悔しさと悲しさと情けなさが込み上げて、涙が出そうだ。

「おい、レオン！　おまえも行こうぜ！」

コンラートの陽気な誘いに、セシーリアはあわてて剝《は》がれ落ちかけたレオンの仮面をはめなおした。

「僕はいいです」

「遠慮《えんりょ》すんな。エーリヒの奢りなんだから」

「きさま、勝手に決めるな！」

「ケチんなよ。おまえ、未来の選帝侯だろ？」

「きさまも同じ立場だろうが！」

セシーリアのこめかみがひくひくと動いた。

（話が決まるまで、長そう）

奢《おご》る、奢らないで決着がつくのが、休憩終了時間だったら笑えない。

「僕、手持ちのパン食べるから、けっこうです」

「パン!?　もっといいもん奢ってやるって！　エーリヒが！」

「だから、勝手に決めるなと言っているだろうが！」

セシーリアはゆっくりと立ち上がった。空きっ腹にふたりの応酬《おうしゅう》がひどく響く。

「おふたりで行ってくださいよっ！　僕は適当に食べてますから」

セシーリアは作業部屋に行くのをあきらめる。

ふたりに背を向けた。背中にコンラートの誘いが再度ぶつけられたが、振り返ることができない。おざなりに手を振ると、セシーリアはその場を逃げた。


地下書庫はひどく静かだった。ランプの明かりが闇を穏やかに遠ざけている。

出入りする司書はいない。帝国図書館の司書はそれほど多くない。みな作業部屋にこもってそれぞれの仕事をしていれば、顔を合わせずに済むのだ。

司書の仕事は多岐《たき》に渡る。古い本の修復、希少本の書写、分類カードの記入や整理、目録の作成に閲覧者《えつらんしゃ》の応対。地方に本を集めに行く仕事さえある。

セシーリアはたいていの仕事を免除されていた。論文作成が本来の目的だから、一般の司書と比べて仕事を減らしてもらっているのだ。ルードルフが決めてくれたらしい。

椅子《いす》に座って机に山と置いた本を一冊一冊めくっていく。

「うーん、これもはずれかな……」

『運命の円環』ではないと一冊を脇によける。それから伸びをしたが、空《から》の胃袋を自覚させられるだけだった。

「……夕飯は食べよう」

二冊目をめくりだすが、今度は魔法書ですらなかった。速やかに三冊目に取りかかる。

（早く見つけて、早く帰らなきゃ）

そうしないと、神経が持ちそうもない。

やはり、ヴァイスブルクは敵国なのだ。いつだってローザンヌを追いつめ、選択を迫る国だ。

（うん、腹立つ）

ここにいると、ローザンヌの――小国の悲哀が身に染みる。

大国はいつだって思うままに行動できるのだ。ローザンヌはどんなに慎重に国の舵取《かじと》りをしていても、ヴァイスブルクやレンヌの都合で方向転換を余儀《よぎ》なくされる。

（そうよー！　ルードルフの目だって、目だって、ローザンヌを攻撃した対価よっ）

昂《たかぶ》りにまかせてこぶしを握り、じきにそれを開いた。

（わたしの卑怯者《ひきょうもの》）

安全な場所にいて、魔王にルードルフを殺してくれと頼んだような卑劣《ひれつ》な人間だ。

そんなセシーリアが最前線で戦った兵士の心を代弁しようだなんて笑わせる。

セシーリアは手を握ったり、開いたりした。結論の出ない、決着のつかない考えをまとめる助けにするように。

（……まちがってはいなかった）

セシーリアの依頼はまちがっていなかったはずだ。

何もしないくらいなら、汚い選択でもしたほうがいい。最後まであがくのだと決めたのだ。

だけど、それが言い訳めいて聞こえるのは、自分の手が汚れていないせいだ。

（それを変えるのよ）

ここに来たのは、レオンの未来を変えるためだ。もう他人まかせにはしない。自分が、行動するのだ。

もう魔力が暴走するのではないかと怯える必要はないのだから。

「よし！」

こぶしを握って鼓舞《こぶ》すると、本のページを開く。

そこに書かれていたのは、魔女狩りの契機となった事件だった。

ヴァイスブルク帝国の一地方でおこった出来事だ。息子を戦場で亡くした魔女が敵を城内に引き入れ、住民を殺させたのだ。住民の命を代償に、魔女は息子を生き返らせた。

この事件を知った聖職者や政治家たちは魔女を猛烈に非難した。無辜《むこ》の民の命を魔法の贄《にえ》とした、野蛮《やばん》で恐るべき行為だと攻撃したのだ。

そして、魔女を神に反逆した罪で捕らえ、焼殺した。

（ヴァイスブルクの魔女狩りが激しかったのは、実際に魔女が被害を出したからなのよね）

ヴァイスブルクの男たちは恐れたのだ。

魔女が運命をねじ曲げる力を持っていることに。そして、それが自分たちに向けられるのではないかという恐怖に耐えられなかった。

だから、躍起《やっき》になって魔女狩りをはじめ、ついには魔女でないふつうの女ですら真偽の定かでない証言を根拠に殺しまくった。

セシーリアは詰めていた息を吐き出した。強《こわ》ばった右肩を左手でもみほぐす。

残酷《ざんこく》な逸話だ。けれど、この話はひとつの真実を示している。

(運命をねじ曲げる魔法は、多大な犠牲を伴《ともな》う)

強大な魔法を使うには、それに見合った対価が必要だ。魔女狩りの契機となった魔女にとって、住民の命は息子を甦《よみがえ》らせる代償だったのだ。

「魔女は万能ではない」

自戒《じかい》を込めてつぶやく。

運命をねじ曲げるような魔法を使える魔女など、ほんの一握りだ。

だから、魔女をひとくくりにして、闇雲《やみくも》に恐れなくてもよいはずなのに。

しかし、多くの人間は真実を理解する手間を惜しみ、魔女を排除する道を選んだ。

そして、ヴァイスブルクの大地に——大陸中にあまたの女たちの血と涙が流れる悲劇が起きたのだ。

セシーリアは三冊目が『運命の円環』ではないと判断し、四冊目を読みはじめた。

黄金の魔法文字を必死に読んでいると、目が霞む。

魔力を消費すると、身体《からだ》に負担がかかる。魔王に与えて乏《とぼ》しくなった魔力を酷使《こくし》しているから、なおさらだ。

(……疲れた)

本を脇に置き、机に突っ伏す。

少しだけ休むつもりだったのに、瞼《まぶた》を閉じると、あっという間に睡魔の虜《とりこ》となっていた。

異端審問官の男たちが椅子《いす》に座るセシーリアの周囲を取り巻いている。

『魔女だと認めるか』

『おまえは魔女だ』

『魔女だと認めろ』

力なく首を横に振るセシーリアの腕が机の上に無理やり伸ばされた。

中指の爪が強引に剝がされそうになる。

「痛い！　やめて！」

人差指の爪はすでにない。むきだしになった肉に鋭い針が突き刺された。

声にならない悲鳴をあげても、男たちの追及の手は緩《ゆる》まない。

『おまえは魔女か？』

『認めろ、認めれば楽になれるぞ』

それは砂糖菓子のように甘い誘惑だった。

これ以上、肉体の苦痛を味わいたくなければ、肉体を棄《す》てるしかない。

そう思わせる言葉だった。

「違います、わたしは違う……！」

中指の爪が半ばまで剝がされる。激痛に涙を流して身をよじるが、頭を起こそうとしたら、机に頰《ほお》を押しつけられた。

『魔女だな』

『おまえは嘘の涙を流している。嘘の涙しか流せないのは魔女だ』

取り囲む声は淡々として感情がない。

だからこそ、セシーリアは絶望する。

彼らがこの先、拷問《ごうもん》をやめることはないと確信できてしまう。

苦しみから逃れたかった。楽になりたかった。ならば、認めるしかない。

「……わたしは魔女です」

かすれた声がかさついた唇の間から漏《も》れる。

言ってしまったら、もう後には戻れない。

周囲の光景が一転する。

セシーリアは広場に立てられた木造の柱に縛られていた。足元には油をかけられた薪《まき》が積んである。

『この女は魔女だ！　神に逆らう魔女は死を与えて駆除《くじょ》するしかない』

罪状を読み上げる声が耳に入らない。

十重二十重《とえはたえ》と取り囲む見物人は、洞《ほら》のような目でセシーリアを見ている。

誰も助けてくれないのはわかっていた。

魔女に情けをかけたら、その人間も魔女だと認定されるからだ。

足元の薪に火が放たれる。油の勢いを借りて、火はまたたくまに大きくなった。

裸足《はだし》の足がじりじりとあぶられる。どうせなら、セシーリアの全身に油をまいてくれればよかったのに、そうしてはくれなかった。

ゆっくりと焼くためだ。できるだけ苦痛が長引くように、そうされているのだ。

「助けて！」

喉《のど》からほとばしった叫びが広場中に響き渡る。

絶叫をあげると、誰かがセシーリアの全身を揺すりだした。


「おい、起きろ！」

肩を乱暴なほど揺すられて、セシーリアは覚醒《かくせい》した。

瞼《まぶた》を開くと、ルードルフの精悍《せいかん》な顔が目に入る。

「うわ！」

勢いよく飛び起きると、彼が機敏に避けた。おかげで顔面衝突は免れる。

「ななな、なんで」

思わず服を確認したが、コートを脱がされているだけで、シャツのボタンはひとつたりともはずされていない。

そのことに心底ほっとしてから、周囲を見渡す。

（ここ、どこ）

壁際には天井まで届くような書棚《しょだな》があり、隙間《すきま》なく本が詰められている。黒檀《こくたん》の机には書類が積まれ、そばには黒いインク壺《つぼ》があった。ペン立てに立てられた羽根ペンが雪のように白い。

セシーリアはソファに寝ていた。頭の下にはクッションがあり、身体には上掛けがかけられている。

確か地下書庫にいたはずだ。ちょっと休もうと思って、机の上に突っ伏した。

それから、この部屋に来る間の記憶がない。

セシーリアはおずおずとルードルフを見上げた。腕を組んで見下ろす左眼には、凍《い》てついた光が宿っている。

「よく寝てたな」

「……すみません」

寝ていたセシーリアを運んでくれたのは、ルードルフに違いない。

「今、何時ですか？」

「もう夜の八時を回ったぞ。とっくに閉館時間を過ぎた」

明らかに寝過ぎだ。本を読む時間がなくなった。

落ち込みながら、問いを重ねる。

「この部屋は？」

「俺の部屋だ」

「畏《おそ》れ多くも館長の部屋を占拠して申し訳ありません」

「別にかまわんが、なぜ泣いた」

え、と思いながら指先で頬に触れる。頬は確かに濡れていた。

（久しぶりにあの夢を見てしまったから）

物心がついて、自分が〝魔女〟と呼ばれる存在だと知ってから、魔女について調べた。

当然、その中には、魔女狩りの歴史も入っていた。

以来、セシーリアは夢を見る。

あるときは異端審問官たちから決死の逃亡をする娘になり、あるときは信頼していた侍女《じじょ》の密告により捕らえられる女主人になった。今日見たのは、拷問を受けて焼かれる無実の女の夢だ。

夢から覚めても、セシーリアの恐怖は続いた。

離宮の入り口に男たちが押し寄せ、セシーリアを連行するのではないか。

そんな想像を何度したかわからない。

そのたびに思ったものだ。

なぜ、わたしは魔女なのかと。

答えが出ない問いだった。年経るごとに魔力が強くなるセシーリアを離宮に隔離したのは父と母だったが、ふたりはセシーリアをかばうために離宮に閉じ込めたのだ。誰にも魔女だと知られないために。

死んだ母はセシーリアに逢《あ》いに来ると、いつも泣いた。

魔力の暴発を押さえるために、床にうずくまるセシーリアの背をやさしく撫《な》でながら、代わってやりたいと泣いていた――。

「……一日半、ごはんを食べていないんです。夢の中で、今まさに口に入れようとしたお肉が逃げたんです。それで、お肉さん行くなーと涙が」

「おまえは修道士なのに、肉の夢を見るのか」

すかさずつっこまれて、セシーリアは一瞬黙った。

「……逃げたのは、ジャガイモさんでした」

「そんなにジャガイモが食いたいなら、奢《おご》ってやる」

「遠慮《えんりょ》します。畏れ多くて、イモが喉《のど》を通りません」

「じゃあ、水を飲みながら食え」

セシーリアはまばたきをして、ルードルフを見つめる。彼はまばたきもせず、見返してきた。

(こういうことって、ありなのかしら)

ルードルフは皇子だ。セシーリアは一応彼の部下になるが、今の身分は庶民《しょみん》だ。

皇子が庶民に食事を奢ったりするのだろうか。

(わからないわ)

わからないが、このまま見つめ合っていても埒《らち》が明かない。

「……奢っていただいてよろしいでしょうか」

「いいぞ。嫌というほど食わせてやる」

「イモ以外も食べたいです」

「イモ以外も頼め」

なぜこんな応酬《おうしゅう》をしているのだろうとセシーリアは思った。無理やり奢らされるという事態が世の中にはあるのか。

「行くぞ」

ほとんど命令だった。

セシーリアはソファの背にかけていたコートの袖《そで》に腕を通すと、脛《すね》まで覆《おお》う靴《くつ》の中に足を入れる。

（わざわざ靴まで脱がせてくれたんだ）

ふつう皇子がそこまでするかと疑問が湧く。

「館長、あの、靴を脱がせてくださったのは――」

「俺だ」

なんの問題があるかと言わんばかりの答えだったので、とにかく礼を述べることにする。

「ありがとうございます。その、ご自身でなさらず、誰かお付きのかたにさせればよろしいと思うのですが」

「お付きなどいないぞ」

耳を疑い、しばし固まる。

「……いないんですか？」

「必要ない。手と足があるんだから、たいていのことは自分でやる。他に助けが必要なときは、エーリヒに頼む」

「コンラートさんには頼まないんですか？」

もっともだと思ったが、では、なぜ図書館《ここ》で働かせるのか疑問だった。

コンラートは、司書らしいことは何ひとつやらない。

「あの、館長。お付きは必要だと思います」

「なぜだ」

ルードルフがさっさと歩きだすので、セシーリアは彼のあとを急いで追いながら話を続ける。

「だって、困るじゃないですか。取次ぎとか」

「儀礼が必要なときは、適当な人間を間におく」

「護衛も必要ですし」

ホールを抜けて、玄関を通る。

「鍵《かぎ》をかけておけ」

警備の兵が踵《かかと》を合わせて礼をすると、腰に吊るした鍵で玄関の錠《じょう》を閉めている。

「俺を殺せる人間はいない」

確信に満ちた言葉に、セシーリアは呆気《あっけ》にとられた。

「……殺される前に、たいてい俺が殺す」

付け足しがあまりに物騒なので、唇の端が引きつる。

「それは……その……たのもしいというか、なんというか」

「だから、護衛は要らん」

乱暴すぎる結論に、セシーリアは眉《まゆ》を寄せる。

（そういうものかしら）

だいたい、刺客《しかく》が大挙して襲ってきたらどうするのかと思うが、ルードルフが自分の腕に覚えがあるというのなら、それでいいのだろう。

（願わくは、とばっちりを受けませんように）

心の中で祈ってから、ルードルフの後を追う。

図書館の敷地から出ると、セシーリアの住む寮とは逆に向かう。

ガス燈の明かりが照らす石畳《いしだたみ》の通りには、たくさんの通行人がいた。

腕を組んで歌いながら歩いている若者に、説教をしている師匠《ししょう》と謝っている徒弟たち、蠱惑《こわく》的な笑みを浮かべて道の端に立っている女は、誰を待っているのだろう。

（夜に出かけるのは、初めてだわ）

帰宅はいつももう少し早い時間だから、わくわくしてしまう。

春の陽気のせいか、道行く人の表情はみな明るい。

きょろきょろ見ていると、いきなり手首を摑《つか》まれた。

あげかけた悲鳴をかろうじて呑《の》み込む。

「迷うぞ」

「は、はい」

声がどうしようもなく上ずった。

「細い腕だな。力を入れると折れそうだ」

「……力を入れないでいただくと助かります」

軽く青ざめながら答えた。枯れ木じゃあるまいし、簡単にぽっきりやられてはかなわない。

「冗談だ」

「館長も冗談とか言うんですね」

と返すと、ルードルフは複雑そうな表情になる。

「固くて話が一切通らないとでも思われているのか？」

「そ、そういうわけでは……うかつなことを言ったら、首がはねられそうな雰囲気《ふんいき》は漂ってますけど」

「だったら、いつもうかつなことを言ったりやったりしているおまえは、相当度胸があるな」

小馬鹿にしたような口ぶりに、頬《ほお》が引きつる。

「そうですね。今日は仕事中に寝ちゃうし……」

「本当だったら、給料のいくらかを減らしてやるところだが——」

「ええ!?」

「そんなことをしたら一枚の銅貨もおまえの手元に残らないから、やめておいてやる」

「もしかして、すごく少ないんですか、お給料」

「少ないぞ」

断言されて、ルードルフの目をまっすぐ見てしまった。

からかっている目ではない。

「……そうですよね、下っ端ですし」

徒弟制度でいえば、一番下の下。小遣いをもらえるかどうかという立場だ。

今のところは持ち合わせでやりくりしているが、給料だけを当てにすることはできなさそうだと密かに覚悟を固める。

「金がほしかったら、出世しろ」

「いや、けっこうです」

できれば短期決戦でいきたいと目論《もくろ》んでいるのだ。出世するほど長い時間、働くつもりはない。というか、できない。

「いずれはグラーベン修道院に戻らないといけませんし」

「そうだな。帰る場所があるなら、早く帰るべきだ」

心臓の鼓動がひときわ大きくなった。

（まさか、バレてる？）

セシーリアの手首を放した横顔を見上げる。

平静な顔からは何も伝わってこない。

（大丈夫……よね）

彼の言葉に含みがあるように思えるのは、自分にやましいところがあるせいだ。過剰《かじょう》に反応したら、かえって怪しまれる。

セシーリアはこっそり呼吸をして、気持ちを落ち着かせる。

そうしていると、彼が小さな店の前で足を止めた。

看板に、包丁を足の爪に挟んだ鶏《にわとり》の絵が描いてある。

「……すごいもじりかたですね」

ヴァイスブルクの紋章は、剣を足の爪に挟み王冠をかぶった双頭の鷲《わし》だ。

「愉快な絵だろう」

「愉快っていうか、皮肉がききすぎっていうか……」

扉を開くと、こぢんまりとした店内は客でいっぱいだった。

グラスを合わせる音や笑い声と料理の香りが雑然としている。

空《す》きっ腹がぐるぐると鳴りだした。

「あら、いらっしゃい」

出迎えた二十《はた》歳《ち》前後のあだっぽい女がルードルフに愛想よく笑いかけた。

「おふたり?」

「席はあるか?」

「さっき空いたところ。うわー可愛《かわい》いお嬢さんね」

特大の楔《くさび》を打ち込まれた気になり、足を踏ん張った。

「男、です」

気合を込めて言うと、彼女はころころと笑う。

「女の子みたいに可愛い男の子なのね」

「全然フォローになってませんよっ」

「ごめんねぇ。だって、すっごく可愛いんだもん」

あっけらかんとした物言いにこぶしを握る。隣ではルードルフが腹を押さえて笑っていた。

「そ、そんなに笑わなくても」

むしろ、ルードルフが笑うという非常事態に動揺《どうよう》していると、彼は口元の笑みは消したものの、左眼には笑いを残したまま言った。

「いや、誰もが思っていることを率直《そっちょく》に指摘するなと感心してだな」

「思ってたんですかっ」

「毎日、鏡を見て気づかないのか？」

真顔で問われると、反論できない。

「そうよねぇ。鏡を見てたら、自分がとびきり可愛いってわかるはずよね」

「確かに僕は可愛いですっ！　もうその話題からは離れてくださいよっ！」

半泣きで制した。ルードルフがまたもや笑っている。

「はいはい。じゃ、席はこちらね。それでご注文は？」

愛想よく訊かれて、椅子に座りながら、セシーリアは壁に貼ってあるメニュー表をすばやく目で追う。

「いつもと同じでいい。おまえは？」

「イモの他に何かあればいいです」

力説すると、ルードルフが彼女と目を合わせた。

「イモの他に何か持ってこいだそうだ」

「はいはい」

くすくす笑いながら、彼女は去って行く。

セシーリアは大きな息を吐いた。鼓動がようやく収まりだす。

からかわれているだけだとわかっても、〝女〟という単語には冷や冷やする。

（落ち着かなきゃ）

「悪気はないはずだぞ」

「……わかってますっ！」

向かいをにらんだ。ルードルフの左目が笑いを残してひどくやさしい。

そのことにおかしな動悸《どうき》を覚えて、セシーリアは店内を見るともなく見渡す。

煙ですすけた店内には、至る所に看板と同じ鶏の絵が飾ってある。

茜《あかね》色のランプの光の下では、仕事帰りなのか着崩れた服の男たちが楽しげに酒をあおっている。

（こういうお店、本で読んだことがあるわ）

セシーリアの白い制服は、ここではかなり浮いている。

「すごく庶民的《しょみん》なお店ですけど、殿下はこういうところがお好きなんですか？」

「気取らなくていいだろう。なんなら、次は格式ばった店に連れて行ってやる」

「畏《おそ》れ多いのでけっこうです」

「おまえの畏れ多いは、口先だけだな」

ぎくっと頰《ほお》を強《こわ》ばらせた。

セシーリアは王女だ。内心、ルードルフと身分は同じだという思いがある。いきおい、庶民が王族や皇族に抱く無条件の敬意というものがない。

それが自然とあらわれているのだろうか。

こっそり息を吞《の》んでから、素知らぬふりをした。

「何か失礼をいたしましたか？」

「何も」

ルードルフの左目がすべてを見透かしているように細められて、またも鼓動が走りだす。

セシーリアはテーブルの上で手を組み合わせ、余裕を示すように微笑《ほほえ》んで、言い訳を絞《しぼ》りだした。

「……修道院暮らしが長かったので、世間知らずなんです。申し訳ありません」

「なるほど、今回が初めて外に出る機会なのか」

「ええ、まあ」

正確に言うと、半年前、身分を伏せてローザンヌ国内の図書館や修道院を巡っていたが、そのときはジゼルや護衛と一緒だったし、交渉事や生活のあれこれは彼らに丸投げでよかった。自分であらゆることに対処するという機会は、これが初めてだ。

「なので、知らないうちにご迷惑をおかけするかもしれません」

「別にかまわんぞ。大した迷惑は今のところかけられていない」

「それならば、よろしいのですが」

逃げ切れただろうか、とルードルフを観察するが、彼の左目からは感情の波が消えている。おかげで、セシーリアのほしい答えがもらえない。

「お待たせ──」

会話の隙間《すきま》を縫《ぬ》って、絶妙なタイミングで酒や料理を置かれる。

ワインとグラスふたつをてきぱきと並べてから、野菜がたっぷりのスープに炭火で焼いた様々なソーセージ《ヴルスト》が置かれた。あぶった骨付き肉の香りと焦げ目が食欲をそそる。皿からこぼれおちそうなほど山盛りの揚げたジャガイモを見て、セシーリアは目を丸くした。

（ヴァイスブルク人はジャガイモ大好きって聞いていたけど、本当なのね）

周辺国では、『ヴァイスブルク人の身体《からだ》はイモでできている』と冷やかしの種になっているほどだ。

（ローザンヌは『乳臭《ちちくさ》い』なのよね）

牧畜業が盛んで、チーズやミルクを使った料理が頻繁《ひんぱん》に食卓に並ぶからだ。

「お水とパンをいただけると、うれしいです」

「はいはい」

笑いをこらえながら、彼女が去って行く。

「おまえは飲めるほうか」

「あ、だめです。グラスの底にちょっとで」

たくさん注がれないようにグラスをにらんだ。

グラスの底に赤いワインがほんの少したまった程度で瓶《びん》の傾きが止まる。

よかったと安堵《あんど》していると、ルードルフが自分のグラスにワインを注ぎだした。

その光景をぼんやり眺めていたセシーリアは、はっと気づいた。

「ああ、すみません、わた……僕が注ぐべきだったのに！」

今は立場が下のセシーリアが先んじてやるべきことだ。それなのに、ルードルフにやらせてしまった。

「気にするな。俺は飲みたい量だけ自分で注ぐほうが好きだ」

「で、でも」

「おまえにそういう気遣いができないのは、知っているぞ」

あっさりと指摘され、軽く突っ伏した。

「す、すみません」

セシーリアがもっとも苦手とするのが、人付き合いの細かな作法だ。

魔女であることを知られないようにするため、離宮にはジゼルとエマしか侍女《じじょ》がいなかった。彼女たちとの付き合いは遠慮のないものだったたし、そもそも世の人と交わる機会が乏しかったのだ。

「じゃ、じゃあ、乾杯しましょう」

それくらいは知っているぞという意気込みでグラスを差し出すと、ルードルフが何ともいえぬ顔つきになった。

「な、なんですか」

「いや、何に乾杯するのかと思ってだな」

「館長のご多幸をお祈りして、乾杯」

強引にグラスをぶつけてから、一気に飲んでしまう。

（ああ、やっぱりだめ）

酒の類《たぐい》は一切受けつけられない身体だ。運ばれてきた水をあわてて飲んだ。

「無理しなくていいぞ」

「無理してません」

水を飲むとようやく落ち着いた。

手元にスープを引き寄せ、スプーンで口に運ぶ。

大きめに切ったジャガイモやにんじん、ベーコンが入ったスープは素朴な味わいだが、野菜の滋味《じみ》が溶け出していて、胃袋に心地よく染みていく。

「……おいしい」

幸せを噛《か》みしめる。

ここに本があると最高なのだがとちらりと思ったが、食事中にも本を手放さずにいて、ジゼルにマナー違反だと叱《しか》られたことを思い出した。

「ところで、なぜ一日半もめしを食わなかったんだ」

ルードルフはワインを飲みながらたずねてくる。

セシーリアは一口含んだヴルストを噛みしめた。香ばしく焼かれた肉の旨《うま》みと香辛料が調和して実にうまい。

「……本を読んでいたら、ごはんを食べそこないまして」

「おまえは馬鹿とあほのどっちだ」

「選びようがないと思うんですが」

揚げたてのジャガイモをフォークで刺した。

一口かじると、湯気が出るほど熱々だ。

「もしかして、徹夜で本を読んでいたりするのか」

「なぜ、わかるんですか?」

まさかどこかから覗《のぞ》き見でもしているのか。

「今日、まるで目を覚まさなかっただろう」

「ええと、すみません」

「馬鹿で確定だな」

「容赦《ようしゃ》ないですね」

「食べるべきときに食べないで、寝るべきときに寝ない奴はいい仕事ができない」

ルードルフの目は冷淡だ。

「そうですね、本当に」

骨付き肉をナイフとフォークで切り分けながらうなずく。

「おまえ、戦場にいたら、真っ先に死ぬな」

「僕は、荒事はできません」

セシーリアは水で口の中を洗い流してからルードルフに視線を据える。

「館長は死なない自信がおありなんでしょう?」

「俺は食べるべきときに食べているし、寝るべきときに寝ているからな」

「ローザンヌとの戦争のときもそうだったんですか?」

セシーリアはルードルフをまっすぐに見つめた。

途中で打ち切られたエーリヒの言葉が頭の隅を引っかいていて、どうにも気になる。

「ああ」

「ローザンヌとの戦争は中途半端なところで和睦《わぼく》が決まったと聞いたんですが、館長はご不満じゃなかったんですか?」

「そんなことを訊いてどうする」

「いえ、なぜ館長が図書館の館長をしているのか不思議で。関係があるのかと」

「皇族がなると決まっているからだ。俺には他にもいろいろ役職があるぞ」

「ええと、理屈はわかるんですが、館長は帝国軍の副元帥《げんすい》でいらっしゃいますよね。お忙しいと思うのに、なぜ顔を出すのかと」

ルードルフにとって、帝国図書館の館長が重要な役職とはとても思えない。服を飾るたくさんの勲章のひとつ、それも特別小さなもの程度のはずだ。

ルードルフはグラスにワインの瓶を傾けている。

「俺は今、暇だからな。行くところがない」

「それだけですか？」

「いやに詮索《せんさく》するな」

口に運びかけたジャガイモをフォークから落とした。

「いえ、詮索だなんて、そんな深い意味は」

「まあ、俺がいると息が詰まりそうになると思われるのは仕方ない」

「そ、そんなことはありません」

なぜか攻守が逆転しだして、セシーリアはフォークを皿に置くと、あわてて水を飲む。

「その……館長のおかげで、僕は心ゆくまで調べものができるので、感謝しています」

セシーリアの言葉に、ルードルフが左目を細める。

「調べものか。ほしいものは見つかったのか？」

「……いいえ、まだ」

「そうか」

セシーリアは視線をテーブルに落とした。

（『運命の円環』、本当に見つかるのかしら）

それは、レオンを助けられるのだろうかという不安と直結している。

ぐっと奥歯を噛んで、ルードルフを見つめた。

「でも、必ず見つけるって決めています。絶対に探し出してみせるって」

ルードルフに宣言しても無意味なことだったが、言わずにはいられなかった。

そうでないと、不安に押しつぶされてしまいそうだった。

「そうか」

ルードルフはセシーリアの気持ちを受け止めるようにうなずいてくれる。

しばしの沈黙をルードルフが破った。

「とにかく今は食え。腹をいっぱいにしないと、いい仕事ができないぞ」

ルードルフの言葉が励《はげ》ましのようにあたたかい。

セシーリアはフォークを手にすると、すっかり冷えてしまったヴルストに突き立てた。

四章　ふたりの皇子

数日後、セシーリアはエマに逢《あ》いに行った。

指定されたのは、アイトのはずれにある公園だ。

中央にある噴水では、白亜《はくあ》の妖精像が肩にのせた壺《つぼ》から透明な水を絶え間なく水盤にこぼしている。青々とした芝生を縫《ぬ》って遊歩道が整備され、杖《つえ》をついた老夫婦が寄り添って散歩をしていた。

真青な空の下、靴《くつ》を脱いで芝生の上を転がる子どもたちを、エマはベンチに座り、繕《つくろ》いものをしながら見守っている。

「エマ！」

声をかけると、エマは繕いかけの小さなシャツを脇のバスケットに入れた。

「まあ、姫様」

エマに近づき、手にしていた紙袋を渡す。

「キプフェル。こんなにたくさん」

三日月形のクッキーがたくさん入った袋を覗《のぞ》き、重みを量って膝にのせると、エマはうれしそうにする。セシーリアは隣に座ると、にっこり笑った。

「子どもたちのおやつにと思って、買ってきたの」

「ありがとうございます。きっと喜びます」

子どもたちは近くの国営の孤児院で預かっている子なのだという。

エマはそこで職員として世話をしているという話だった。

「エマ、子ども好きだったの？」

「ええ。兄さんに頼んだんです。人の役に立つ仕事がしたいってお願いしたら、職員の手が足りないからと紹介されて」

子どもたちを見守るエマの灰青色の瞳には、たき火のようなぬくもりがあった。

落ち着いた深緑色のドレスにエプロンを合わせた姿は、しっかりものの姉を思わせる。

「そういえば、姫様、手紙は？」

「これ。離宮まで送ってくれる？　あと、エマには祝賀式典のときもお世話になる予定だから」

「大丈夫です。まかせてください」

エマのやわらかな微笑《ほほえ》みにほっとして、セシーリアは十人ほどの子どもたちを眺める。

みな屈託なく笑いながら追いかけっこをし、ボールを投げ合って遊んでいる。

「姫様、見違えました」

「そう？　男に見える？」

今日は休日なので、白いシャツに濃紺《のうこん》のコートと黒の脚衣《ズボン》を着た。

「可愛い男の子に見えます」

「もう、からかわないで」

わざとむくれると、エマは微笑みながらクラバットを整えてくれる。

「わたし、クラバットを結ぶのがだいぶ上手《うま》くなったと思ったんだけど」

「お上手ですよ。姫様はなんでもおできになりますもの」

「なんでもはできないわ。できたら、レオンの呪いを解くんだけど」

セシーリアは大きなため息をつく。

エマは魔女だ。だから、レオンの呪いについても話している。

「『運命《さだめ》の円環《えんかん》』は見つからないんですか?」

「……うん、まだね」

歯切れ悪く答える。認めたくないが、前途多難だという事実の重みが心に痛い。

「図書館の蔵書数は膨大《ぼうだい》ですもの。仕方ありません」

「そうよね。本がいっぱいってことは、希望が消えてないってことだもんね」

海の中から縫《ぬ》い針を見つけるような作業だということは理解していたつもりだ。

けれど、実際に取りかかると、見通しの暗さに打ちのめされそうになる。

「わたし、負けないわ。絶対に見つけるって決めたもの」

「姫様だったら、見つけられます。姫様は魔王の花嫁に選ばれるほどの魔女——『もっとも高貴な魔女』ですもの」

セシーリアは鼻の頭に皺《しわ》を寄せる。

魔王の花嫁に選ばれるのは魔力の強い魔女だ。そんな魔女は昔から、『もっとも高貴な魔女』と呼ばれてきた。

「『もっとも高貴な魔女』になんかなりたくなかったわ。次に『赤の魔王』に会ったら、頬《ほお》をひっぱたいてやろうかしら」

「姫様のそういうつれないところが魔王に気に入られたのかもしれませんよ」

「そう？」

「男のかたって、つれなくされると追いかけたくなるそうです。逃げられると狩りたくなるんですって」

「迷惑ね！」

セシーリアは眉《まゆ》を寄せた。

レオンもそうなのだろうかと思う。ルードルフも同じように考えるのだろうか。

ぼんやりと空を見上げ、風に流される雲を眺めた。

（そういう……追いかけたり、追いかけられたりっていうのを恋というのよね）

セシーリアは魔女だ。小さいころから魔力の発作《ほっさ》に悩まされ、離宮に閉じこもっていた。

胸に薔薇《ばら》の痣《あざ》が刻まれてからは、すべてをあきらめる決意をしなければならなかった。

恋は本の中のヒロインたちのもの。セシーリアにとっては、あの雲のように遠い。

「姫様？」

「ええと、なんでもない」

空から地上に意識を戻すと、エマがそっとささやいた。

「姫様、あの図書館……魔法の気配がしませんか？」

「エマ、なぜ知っているの？」

帝国図書館は女子禁制。閲覧者《えつらんしゃ》も男子しか許されていない。

「実は、兄さんのふりをして中に入ったことがあるんです。興味があったから」

エマがいたずらっ子のような光を灰青色の瞳にたたえた。

「そうか！　エマとマテウスは双子でそっくりだしね」

「はい。小さいころから入れ替わって遊んでいたんですけど、それを思い出して。そのときに感じたんです。わたしは魔力が弱いから、何があるかわからなかったんですけど……姫様だったら、おわかりになりますよね」

「うん。あそこ、何かを封じているわ。封印の紋様をいくつか見つけたから」

金文字で書かれた紋様は、何かを封じ込めているという証《あかし》だ。

「図書館が女子禁制なのは、魔女が入らないようにするためでしょうね。魔女が入館したら、あの封印に気づいてしまう。魔女といっても、外見はふつうの女と何ひとつ変わらない。だから、女子禁制にして、魔女が紛《まぎ》れ込むのを防ごうとしているのよ」

随分《ずいぶん》乱暴なやり方だが、魔女という存在はそれほど多くなく、あの封印が見えるほどの力を持った魔女といったら、ますますもって少ないはずだ。

女の入館を禁じるという一手でも、有効ではあるのだろう。

「でも、不思議ね。ヴァイスブルクは魔法をもっとも嫌う国。いったい誰が封印をかけたのかしら」

それに、封印のことを、ルードルフをはじめとした帝国上層部の人間は知っているのだろうか。

ヴァイスブルクは魔女狩りが大陸の中でもっとも激しかった国だ。そんな国の男たちが魔法の存在を許すとは思えない。

「封印を施《ほどこ》したのは魔女でしょうしね」

「そうよね。謎だらけな封印だわ」

改めておかしな現象に首を傾《かし》げていると、エマが紙袋を抱え直し、セシーリアを見つめる。

「姫様。『運命の円環』とその封印、何か関係があるんじゃないですか？」

「……それは考えたけど……」

「封印を解けないんですか？　姫様だったら、おできになるのでは？」

「できなくはないわ……いいえ、できると思うけど、でも――」

唇を噛《か》んだ。

不可能ではないはずだ。数式を答えから遡《さかのぼ》るように封印を解いていけばいいだけ。

レオンの肉体と魂を、太い鎖が何重も巻き付いたようにがんじがらめにしている呪いよりは、難しくないはずだ。

「……でも、封印を解いたときに何が起こるかわからない」

封じているものがわからないのに、簡単に解くことなんてできない。

おまけに、セシーリアの乏《とぼ》しい魔力が封印を解く最後までもつかどうかも怪しい。

「何か災《わざわ》いが起きたらと思うと怖いの。わたしの今の魔力では、おそらく封印を解くので精一杯。封印を解いたあとに、もし手に負えない事態になったらと思うと——」

セシーリアは緊張をほどくように、息を吐き出した。

『赤の魔王』に魔力を与えるまで、セシーリアは自分の強大な魔力に苦しめられてきた。

突如として暴発する魔力は、火炎や稲妻《いなずま》や竜巻となって暴れ出す。

セシーリアは魔力を体内に抑え込もうと常に戦っていた。魔力の発作を抑えるため、肺や心臓を病んだ人のように離宮の床にうずくまる姿を見れば、何も知らない人はセシーリアが病に苦しんでいると思ったはずだ。

(それが今ではまったく逆になるんだから)

膨大《ぼうだい》な魔力のほとんどを手放した今、セシーリアは枯れかけた井戸から水を汲《く》むように魔力を使っている。

「魔力があったときはありすぎて苦しんでいたのに、今は貧弱になった魔力を計算しながら使わなきゃいけなくなったんだもの。我ながら、どうしてこう極端から極端になるのかしらって腹立たしく思うわ」

「でも、魔力が少なくなったからこそ、姫様は外に出られるようになったんですもの」

エマが手を握ってくれる。セシーリアが魔力の発作を起こして苦しんでいたときのように。

「エマ……」

エマは魔女だけれど、魔力が弱いからごくふつうの人と変わらない生活を送れる。かつてのセシーリアは、エマをうらやましいと思っていた。

「わたしと姫様の力が逆だったらよかったのにと考えていたことを知ったら、姫様はわたしをお叱《しか》りになりますか？」

「エマ、エンデ村の事件はあなたのせいじゃないわ」

セシーリアは強い口調で断じた。

エマは離宮にいたとき、エンデ村の魔女狩りは自分のせいで起きたのだと何度も口にしていた。

「でも、もしも、わたしが力の強い魔女だったら、みんなを守れたかもしれないんです」

「エマ、あなたのせいで魔女狩りが起きたんじゃない。まして、村の人たちを守れなかったと自分を責めなくていいのよ。悪いのは……悪いのは、偏見を棄《す》てられずに村を襲った兵士たちじゃない！」

自国の兵が守るべき自国の民を殺したのだ。

こんな残酷《ざんこく》なことはない。

「姫様、でも、わたし、みんなのことが忘れられないんです。わたしが魔女だから、みんなが巻き添えになったんじゃないかって。みんな、知らなかったのに。わたしが魔女だって、知らなかったのに――!」

エマが両手で顔を覆《おお》う。指の隙間《すきま》からこぼれた涙がエプロンに染みを作っていく。

セシーリアはエマの両肩を抱いた。

「エマ、泣かないで」

傷が癒《い》え、離宮で働くようになってからも、エマは同じように泣いていた。

『わたしが魔女だから』――そうしゃくりあげながら、涙を流していた。

(わたしもエマと同じように泣いたわ)

母が死んだとき、セシーリアも同じことを言いながら泣いていた。

セシーリアの母が死んだのは五年前だ。

未だ魔力の発作に苦しんでいたセシーリアだったが、母が死の床についていると聞いたとき、いてもたってもいられず密かに王都へと向かった。

天蓋《てんがい》つきの豪華なベッドに横たわった母は、傍《かたわ》らに立つセシーリアを見ると微笑《ほほえ》んだ。

『セシーリア、お母様は天国であなたを見守っているわ』

口元は笑っていた。しかし、セシーリアに向けられた目は恐怖に見開かれていた。

母は恐れていたのだ。

死んでしまったら、どんなに願ったところで生者の世界に干渉できない。

母の瞳は、死を前にして、もはや未来を変える力がないと悟った絶望に染まっていた。

息を引き取る寸前まで、母が祈り続けていたのはセシーリアの無事だった。

『神様、どうかセシーリアをお守りください』

それが母の最後の言葉だった。

『わたしが魔女だから』

母が心安らかに死ぬことができなかったのは、セシーリアが魔女だからだ。

『わたしが魔女だから、お母様は苦しんだ』

葬儀の場に出ることを避け、離宮にこっそりと帰ったセシーリアは、泣き暮らしていた。

『わたしが魔女だから』

世間に忌《い》み嫌われる魔女だから、母はセシーリアを離宮に隠した。

魔女であることを世に知られ、かつての魔女狩りのようなやりかたでセシーリアを奪われることを恐れた。

離宮を訪れた母は、魔力を抑えようと自分との攻防を繰り広げるセシーリアを見て、いつも泣いていた。

本当は笑ってほしかったのに、セシーリアが覚えている母は、悲しげな目をしてばかりだった。

『わたしが魔女だから、お母様は悲しみ続けた』

自分がいたら、みんなが不幸になる。

そう言って泣くセシーリアを励《はげ》ましてくれたのは、レオンだった。

『姉さん、そんなに泣いちゃだめだよ。母さんがかえって悲しむ』

レオンはセシーリアを恐れない。『愛してるよ』と言って、いつも抱きしめてくれる。

苦しいときにそばにいて支えてくれたのは、レオンだ。

(レオンに支えてもらった。だから、わたしがエマを支える)

セシーリアはエマの肩をそっと抱きしめる。決してひとりじゃないと伝えるために。

エマがびっくりしたように顔をあげた。

「ひ、姫様」

「エマ、泣いちゃだめよ。亡くなったお母様やお父様がきっと悲しむわ」

エマが涙で潤んだ瞳をセシーリアに向ける。

「きっと、ご両親はあなたの幸せを望んでいると思うわ」

「……わたしは魔女です」

「エマは何も悪くない。もう泣かないで」

ポケットから取り出したハンカチーフでエマの濡れた頬《ほお》を拭いてやる。

「姫様」

エマが落ち着いたところで、セシーリアは土産《みやげ》のキプフェルを取り出した。

「エマ、これ食べて。しょっぱい涙を流したら、甘いものを食べて元気になるのが一番よ」

「姫様ったら」

エマは微苦笑してから、キプフェルを頬張る。

「……おいしいです」

「あー、エマ、ずるい」

いつの間にか子どもたちがセシーリアたちを取り巻いていた。

「お菓子食べてる。わたしも食べたい」

「僕も食べたい」

「はいはい、今あげる」

セシーリアはエマの膝から紙袋を取り上げると、口を大きく開けて子どもたちの前に出す。

彼らは我先にと手を突っ込んだ。みなキプフェルをかじると、目を細めて笑っている。

「ありがとう、お兄ちゃん」

「お兄ちゃん、大好き」

「お兄ちゃんに見える!?　どんどん食べていいよ!」

子どもたちに菓子を食べさせるセシーリアを見ながら、エマは笑顔を取り戻していた。


数日後、セシーリアが出勤していると、図書館の玄関ポーチの前でマテウスに追いつかれた。

白のシャツに黒のコートを合わせたマテウスは、能吏《のうり》という雰囲気《ふんいき》をかもしだしているが、微笑みが穏やかなせいか冷たさは一切ない。

「レオン、元気そうですね、よかった」

「うん、今のところ大丈夫だよ。マテウスは何か用?」

セシーリアが首を傾《かし》げると、マテウスから手招きされる。ふたりでポーチの端に寄ると、マテウスが躊躇《ためら》いを見せたあとに話しだした。

「エマと逢《あ》ったでしょう」

「うん」

「エマの様子はどうでしたか?」

マテウスの質問に瞳を丸くした。

「どうって……その……いつもと変わらないような」

「……そうですか。それならば、いいのですが」

マテウスが視線を足元に落とす。

「マテウス、何かあった?」

「最近、エマがおかしなことを言うものですから」

「おかしなことって?」

「兄さん、昔に帰りたいと思わない? と」

セシーリアは胸を衝《つ》かれた気になった。

エマの言う昔とは、おそらく魔女狩りがある以前の日々だ。

「なんて答えたの?」

「帰れるはずがないと答えました」

「……だよね」

エマの泣き顔を思い出す。自分が魔女だから、エンデ村の魔女狩りが起こったのだとエマは信じきっている。

「エマは夜になると泣くんです。昔に帰りたいと言って」

マテウスは遠くの木立を眺めた。春の風に梢《こずえ》がゆっくりと揺れている。

「……時々、エマがひどく遠く思えます。何か、わたしに言えないことがあるんでしょうか」

セシーリアは頬を強《こわ》ばらせた。エマが魔女だとマテウスは知らない。

(言えるはずがないわ)

今さら、自分は魔女なのだと告白できるはずがない。

村の事件を話すときのマテウスの瞳は、憎悪に染まっている。そんなマテウスに魔女だと告げたら、憎悪が、敵意が、自分に向けられるのではないかとエマは怖がっているのだろう。

「……すみません。こんなことを話してしまって」

「ううん、大丈夫。エマとはまた逢う機会があるから、話を聞いてみるよ」

「お願いします。ついでに、これを殿下に渡してくださると助かるのですが」

茶色い封筒を渡されて、セシーリアは硬直する。

「館長に?」

「わたしは役所に戻らなければいけませんので。中を開けたらだめですよ。給与の一覧表ですから」

裏返すと、きちんと封がされている。

「殿下にいったん確認していただかないといけないので」

「わかった。渡すね」

「本当は他の方に預けようかと思いましたが、レオンが一番信頼できますから」

「まかせといて」

信頼できると言われると、なんだかうれしい。うなずくと、マテウスが目礼をして去って行く。その背中がひどく寂しげに見えて、セシーリアも自然と肩を落としていた。


預かり物をずっと手元に置いておくというのは、落ち着かないものだ。

昼休憩を過ぎてもルードルフがあらわれないものだから、セシーリアは館長室の前に立った。

早く封筒を渡して、ゆっくり『運命の円環』を探したい。

一応ノックをして耳を澄ませたが、中から応答の声がない。

セシーリアは金に塗られたノブを回した。あっさり扉が開くので、びっくりしてしまう。

「開いてるかな」

「鍵《かぎ》、かけなくていいのかな……」

とはいっても、殺風景《さっぷうけい》な部屋には貴重品がなさそうだ。

セシーリアのように用事が生じた人間のために、わざと開けているのかもしれない。

封筒を机に置いてから、つい書棚《しょだな》に足を向ける。中に収まっているのは、歴代の館長の日記らしかった。

一冊手にしてみる。黒い革張りの表紙で、中を開いてみると、日々の細々した記録だった。すぐに字を目で追うのをやめ、棚に片づける。腰に手をあてて、周囲を見回した。

「ここに魔法書はないよね」

帝国図書館の館長になるのは皇族男子と決まっているという。男に魔法は使えない。魔王に肉体を奪われたら別だが。

(でも、そのとき、元の肉体の魂は死んでいるのよね)

レオンと重ね合わせてしまい、身震いする。早々に退散して本を探しに行かなければならない。

踵《きびす》を返したところで、扉が壁にぶつかる勢いで開かれた。

「ルードルフ！　お兄ちゃんが逢いに来たよっ！」

陽気な声が部屋中に轟《とどろ》く。

セシーリアの足は瞬時に縫いとめられた。

(だだだ、誰、この男《ひと》っ！)

目鼻立ちのくっきりとした華やかな容貌《ようぼう》の青年は、ルードルフと同じくらいの年に見えた。金褐色《きんかつしょく》のさらさらとした髪はさっぱりと整えられ、翠緑《すいりょく》色の瞳が宝石のように輝いている。

顔は文句なしの美形だ。しかし、その服装がすさまじかった。

よどんだ沼を思わせる深緑色のシャツと蝶の形に結ばれたオレンジ色のクラバット、闇の中でも輝きそうなピンク一色のコートには、青い糸で何匹もの蜘蛛《くも》が刺繍《ししゅう》されている。脚衣《ズボン》は片方ずつ色が違った。右が紫で、左が黄土色だ。

（……き、気持ち悪い！）

視覚への暴力としか思えない気味の悪い色遣いに、セシーリアはいきなり銃撃を受けたように立ち尽くす。

「おや、おやおやおやおやおやおやおやおや」

毒々しい色の青年が無遠慮《ぶえんりょ》に近づいて来る。怖気《おぞけ》をふるって後退したセシーリアの踵《かかと》がソファの足に当たる。

あ、と思ったときには、ソファに押し倒されていた。

当然のように腰にまたがれて、戦慄する。

青年はセシーリアの顔を見下ろして、にっこりと微笑《ほほえ》んだ。

「見慣れない顔だな。君、新入りだろう。名前は、年は、性別は？」

「ぼ、僕の名はレオンです。男、で十七です」

「ふーん、可愛《かわい》いな」

「よ、よく言われます」

「だろうね。ルードルフの愛人？」

「男、ですよ!?」

「男でも愛人になれるよ」

微笑みを絶やさず青年は言い切った。

　セシーリアは助けを求めて周囲を見た。青年のお付きがいるが、微動だにせず立っているだけだ。セシーリアは冷静さを保つように呼吸を数回してから、遠慮がちに訴えた。

「う、上からどいていただけませんか？」

「わたしは可愛い子の上に乗るのが大好きなんだよ」

「僕は男、です」

「本当に男かな？」

　青年の翠緑色の目が細められた。笑みを含んだ瞳は、疑念をあらわにしている。

　息を呑《の》んで、コンラートには成功した賭《か》けを口にしてみた。

「なんだったら、股《また》の間をさわってみます？」

　一拍の間のあと、青年は瞳をきらっきらに輝かせた。

「さわっていいなら、喜んでさわるよ！」

「うわー、やっぱりなし！　なしでっ！」

　腕を振り回そうとすると、馬鹿力で強引に頭の上でまとめられた。細身なのにすさまじい腕力だ。左手だけでセシーリアの両手首をソファに縫いとめている。

「いやぁ、うれしいな。直接さわっていいかな」

　ベルトに右手をかけられて、さすがに青ざめた。

（う、嘘……この男《ひと》、ふつうじゃない）

　服よりも中身がぶっ飛んでいる。

足をばたつかせようとしたところで、覆《おお》いかぶさろうとしていた青年が強引に引き剝《は》がされる。シャツの襟《えり》を摑《つか》んで軽々と引っ張っているのは、ルードルフだ。

「兄上、何をしているんですか？」

「可愛い子が股間《こかん》をさわっていいというから、さわろうとしているんだよ」

「やめてください」

「さわっていいと言われたら、さわるだろう」

「さわりません」

「さわらないかな？」

「さわらないのが常識です」

ルードルフは口元に笑みを浮かべているが、左目は全然笑っていなかった。

セシーリアはぽかんと口を開いてふたりを見比べた。

おぞましい色にもようやく慣れて、頭がフル回転しだす。

（ルードルフの兄ってことは、この変態、皇太子のアルブレヒトだわ！）

アルブレヒトはルードルフの異母兄だ。ふたりは三か月しか差がない同い年の兄弟として有名だった。

ヴァイスブルクの現皇帝は、アルブレヒトの母という正妻がいながら、ルードルフの母を愛人にしていた。アルブレヒトの母は選帝侯家の生まれ、ルードルフの母は新たに帝国の版図《はんと》となった東の公国の元公女。家格はほぼ互角のふたりを皇帝は同時に愛し、ふたりの女は次々と

身ごもった。

(ところが、アルブレヒトの母親がお産後、すぐに死んでしまった)

皇帝は正妻の葬儀を済ませるや、何食わぬ顔でルードルフの母と結婚した。

喪服《もふく》を脱いだあとすぐに婚礼衣装を着た皇帝の薄情さに、当時、ヴァイスブルクの貴族たちは騒然としたという。皇帝が結婚を急いだのは、ルードルフを庶子《しょし》にしないためだというのがもっぱらの噂《うわさ》だった。

由緒正《ゆいしょ》しい血筋の、しかも同い年の皇子がふたり。後継争いが起きる条件は整ったも同然だ。

周辺国は、ふたりが帝国を二分する争いを起こすことを期待している。七つある選帝侯家がルードルフ側とアルブレヒト側の二手に分かれているから、下手《へた》をすると内乱が起きる、むしろ、起きてくれと切望しているのだ。

(でも、今のところ平穏なのよ)

皇帝はアルブレヒトを皇太子に指名し、ルードルフを軍の副元帥《げんすい》にした。

後継争いなど起きる気配がない。

ローザンヌとしても、帝国が弱体化してくれるほうがありがたいから、ふたりが血みどろの争いでも起こしてくれればと願っているわけだが――。

アルブレヒトは沼地色のシャツとどピンクのコートの襟《えり》を正すと、ルードルフと向き合った。

黒のコートと脚衣《きゃくい》を着たルードルフとはすこぶる対照的だ。

「なあ、ルードルフ。前から思っていたが、わたしたちの〝常識〟の間には、大きな隔《へだ》たりがあるような気がするんだが」

「そうですね」

ルードルフは穏やかに微笑んでいる。

「可愛い子の股間に対する認識以外でもだ」

「まったく同感です」

「この間のローザンヌとの戦争のときもそうだ。おまえは勝手に和睦《わぼく》を申し入れた。わたしはこの機にローザンヌを併合したいと出兵前の会議の場で言ったんだが、聞いていなかったのかな？」

「聞こえませんでしたね。申し訳ない」

「おまえの力を持ってしたら、あんな小国、すぐにひねりつぶせただろう？」

「無理でしたね。俺は右目に銃弾を撃ち込まれたんですよ？」

ルードルフが眼帯を指でつつく。

セシーリアは驚きに目を見張った。

（右目に銃弾？）

それで後遺症もないなんて、信じられない。

（後遺症どころか、死んじゃいそうよね、ふつう……）

呆気《あっけ》にとられていると、アルブレヒトが優雅な笑みを浮かべて腕を組んだ。

「銃弾をくらったわりにピンピンしてるな」

「日々、善行を積んでいますので」

「そうだな。おまえは東の国境線を守るために敵の死体の山を築くという善行を積んだ。願わくは、ローザンヌでも同じようにやってほしかったんだが」

「力不足で申し訳ありません」

「おかげでローザンヌの王女のもてなしを華々しくする羽目になった」

「……ところで、兄上は何をしに来られたんですか？」

「いや、今回の歓迎式典のときは国軍のパレードをするだろう。おまえには先導してもらわなければならない。その打ち合わせをだな」

ルードルフが訝《いぶか》しげに眉《まゆ》を寄せる。

「俺は謹慎《きんしん》中の身ですが」

「わかっているが、パレードにおまえがいないのはおかし――」

開け放たれた扉がコンコンと規則正しい音を立てる。

立っていたのは、白い制服を隙《すき》なく着こなしたエーリヒだ。

「両殿下、お声が大きすぎですよ」

「やあ、エーリヒ忙しいかい？」

アルブレヒトの親しげな問いに、エーリヒは胸に手を当て、にこやかに答える。

「暇です」

「仕方ないな、おまえとコンラートがルードルフの手綱《たづな》を握れないから」

「申し訳ありません。精進《しょうじん》いたします」

「精進したところで、ルードルフはおまえたちの制御など受けないだろうけれどね」

エーリヒは口元に浮かべたやわらかな笑みをぶち壊しにするような冷たい眼光をアルブレヒトに注いだあと、その余波をセシーリアに向けた。

「レオン、いつまで油を売っているんだ。君の仕事は山積みだぞ」

かなり八つ当たり臭《くさ》い命令だが、断ることなど許されない。

「う、うわ、はい、申し訳ありません！」

セシーリアはソファから直立すると、背筋をまっすぐにしてエーリヒのそばに近寄る。

（もうちょっと聞いておきたかったのに）

祝賀式典前のよい〝予習〟ができそうだったのに、残念だ。

ふたりに一礼すると、部屋から出る。

アルブレヒトのお付きが扉を閉めてしまったから、盗み聞きもできない。

名残《なごり》惜しげに振り返っていると、ホールの真ん中にいるエーリヒから呼びつけられた。

「歩け。君の足は枯れ木か」

「枯れ木じゃありません！　生木ですよ！」

思わず言い返しながら近づくと、待ち構えていたエーリヒは眼鏡《めがね》のつるを持ち上げる。

「君は本当に物怖《ものお》じしないな」

心臓がどくんと嫌な鼓動を立てた。セシーリアはまたもやいつもの言い訳をひねり出す羽目になる。

「す、すみません。修道院暮らしが長くて世間知らずなものですから」

「世間知らずだから、我々と対等のような口をきけるのだな」

「たたた、対等だなんて、そんな……！」

腋《わき》ににじんだ汗が冷たい。意識のありようを的確に指摘されたような気がする。

さらに追及されたらどうしようと危ぶんだが、エーリヒはさっさと歩きだすと、作業部屋に続く通路へと向かう。

セシーリアは彼の背を追いながら、質問に答えることになった。

「アルブレヒト殿下と何を話した」

「大したことは何も話してません。股間をさわられそうになりましたけど」

エーリヒが振り返りもせず問いを重ねる。

「なぜ、そんな事態になった」

「男かと訊かれたので、なんだったら股の間をさわりますかと言ったら、本気でさわられそうになったんです」

エーリヒが突然足を止めたので、セシーリアは勢いあまって彼の背中にぶつかってしまう。

鼻を押さえて抗議した。

「いきなり止まらないでくださいよっ！」

「君は筋金《すじがね》入りの馬鹿だな。あの汚らしい身なりを見れば、常識というネジが十本中七本は抜けているとわかるだろう。そんな奴に股をさわれと挑発するなど、犠牲者になりたいと申し出ているようなものだ」

振り返ったエーリヒは、言葉の端々にものすごい敵意をみなぎらせながら吐き棄てる。

「……すみません。にしても、常識のネジ、三本ははまっているんですね」

「全部抜けていないから、厄介《やっかい》なんだろうが」

エーリヒが忌々《いまいま》しげに舌打ちした。

恨み骨髄《こつずい》といった様子に、セシーリアは頭に浮かんだ疑問をそのまま口にした。

「もしかして、エーリヒさんたちがここにいるのは、アルブレヒト殿下のせいなんですか？」

「なんだ、出世したくなったのか」

エーリヒが探るように見つめてくる。

セシーリアはぶんぶんと首を左右に振った。

「し、下っ端でけっこうですが、前々からおかしいなと思っていたものですから」

館長という役職のあるルードルフが図書館にいるのは、まあ理解できる。

しかし、コンラートとエーリヒという選帝侯家に属する人間が司書の真似事《まねごと》をしているのは理解できない。ふたりが帝国軍に所属していたというなら、なおさらだ。

「その程度の頭は回るのか」

エーリヒがセシーリアの顎《あご》を摑《つか》んだ。瞳をまっすぐ射貫《いぬ》かれて、ぞっとする。

彼のサファイアの瞳に、ちらりと興味らしきものが浮かんだと感じたのは、気のせいだと信じたい。

「来い、君をテストしてやる」

エーリヒがセシーリアの手首を摑むと問答無用で引っ張る。

セシーリアは足をもつらせながら彼に続く。

いつも使う作業部屋に押し込まれた。ふたりきりではない。コンラートが机に突っ伏し、派手ないびきをかきながら寝ている。

「なぜわたしとコンラートがここにいるのか、わかるか？」

エーリヒが腕を組んだ。厳しい教師じみた顔つきと試すような口調に、緊張が否《いや》でも高まる。

「……ローザンヌとの戦争がそもそものきっかけですよね。アルブレヒト殿下はローザンヌを併合《へいごう》したかったと先ほど言っていました。つまり、ローザンヌ軍を完膚《かんぷ》なきまでに叩きつぶせという命令を下したも同然なのに、帝国軍を率《ひき》いるルードルフ殿下は和睦をした――ん？　でも、和睦は皇帝の勅命《ちょくめい》だったと噂《うわさ》で聞きましたけど……」

慎重に言葉を選びながら、手持ちの情報を整理する。

（おかしいわ。和睦の書状は皇帝の名で出されていたのに）

戦場でそれを見たレオンは、すぐさま和睦に応じる道を選んだ。

長期戦はどうしたってローザンヌの不利になる。ヴァイスブルクは物量、人員ともに余裕がありすぎるほどあるから、兵をどんどん戦場に補充できるが、人口の少ないローザンヌはひたすら消耗《しょうもう》するだけなのだ。

(考えてみれば、おかしな話よね。ローザンヌから和睦を申し出るならともかく、ヴァイスブルクが和睦を言い出すなんて)

おまけに、皇帝の勅命で和睦をしたなら、ルードルフが〝謹慎《きんしん》〟する必要はない。

「もしかして、ルードルフ殿下は皇帝の名を借りて、勝手に和睦の使者を出したんですか？」

「よく当てたな。そのとおりだ」

セシーリアは唖然《あぜん》とした。

たとえ、ルードルフが皇子といえども、皇帝の名を無断借用して停戦したなら、重大な軍紀違反だ。

「エーリヒさんたちがここにいるのは、ルードルフ殿下を止められなかったためですか？」

エーリヒとコンラートがローザンヌの戦争に従軍していたのは、この間の会話からも明らかだ。選帝侯家に属するふたりなら高位の役職付きのはず。ルードルフにとって、ふたりは腹心の部下に違いない。

「……我々がローザンヌと和睦すると聞いたのは、殿下がすでに使者を出したあとだった」

エーリヒの青い瞳に怒りの炎が揺らめいている。

「使者がローザンヌの陣営に到着するころを見計らって、相談されたんだ」

「それ、相談って言いませんよね」

セシーリアのつっこみは的確だったはずだが、的確なだけにエーリヒの自尊心をえぐったようだ。

彼のまとう空気が瞬時に凍りついた。無言で距離を縮められ、セシーリアは後退するしかない。

直に背中が壁に当たった。エーリヒが顔の横に右手をついただけで、即席の檻《おり》が完成だ。

「あ、あの、なぜこの状況で僕が壁ドンされているのか、理解できないんですがっ」

「……君の言うとおりだ。さて、以上の情報で君は何を導き出せる?」

テスト続行を匂《にお》わされて、セシーリアは仕方なく目を天井に向けて考えをまとめあげる。

「本気で相談するなら、使者を出す前にしますよね。でも、ルードルフ殿下はそうしなかった。事前に話さなかったのは、エーリヒさんたちに反対されるとわかっていたからではないですか?」

セシーリアの回答を聞き、エーリヒはうなずいた。氷海のような瞳が満足しきっていないようなので、セシーリアはさらに続ける。

「使者がローザンヌの陣営に到着するころに話したということは、途中で妨害されたくないと思ったんでしょうね。エーリヒさん、下手《へた》をしたら、使者に刺客《しかく》を放ちそうだし」

「殺しはしないぞ、足止めはするが」

エーリヒの雪を吐くような声を聞いたら、足止め程度で済むとはとても思えないが、セシーリアはあるひとつの結論が頭の中で形作られていくのを感じずにはいられなかった。

「……ルードルフ殿下、絶対に和睦《わぼく》するつもりだったんですね」

ルードルフの行動からは強い意志を読みとれる。

（なぜ、そこまでしたの）

恩恵を受けたローザンヌ側のセシーリアでさえ、困惑してしまう〝暴走〟だ。

セシーリアは、ぽつりと浮かんだ疑問をぶつけてみる。

「でも、和睦を途中で破棄《はき》することだってできますよね。ルードルフ殿下が独断で進めたわけだから」

「いったん皇帝の名で申し出た和睦をなかったことにできないとは思わないのか。皇帝の名は絶対だ。軽んじることはできない」

「皇帝の名を一番軽んじているのは、ルードルフ殿下だと思いますけど」

セシーリアのつっこみにエーリヒがなぜか左手までも壁につく。檻が完全になり、ますます逃げられなくなった。

「な、なぜ壁ドンが強化されているんですかっ」

「さて、以上の条件から我々がここにいる理由を導き出せ」

まだテストは続くらしい。セシーリアは細く息を吐いて、思考を巡らせる。

「ルードルフ殿下は謹慎とおっしゃっていましたよね。とりあえず軍の役職からはいったん退き、図書館なんて権力とは無関係の場所にいることで、反省しているという顔をアルブレヒト殿下たちに示しているってことですか？　エーリヒさんたちは管理不行き届きで連座されたってところでしょうか」

セシーリアが上目遣いでエーリヒを見ると、彼は大きくうなずいた。唇に微笑らしきものを浮かべている。

「察しがいいな。そのとおりだ」

「にしても、よく謹慎程度で済みましたね」

ふつうなら、何かしら罰を受けて当然だ。

「ルードルフ殿下は、皇帝陛下最愛のブリギッタ皇妃の忘れ形見だからな」

「特別待遇ってことですか。確か、お亡くなりになられたんですよね、ブリギッタ皇妃」

「ああ、八年前にな」

セシーリアはいったんうなずいてから、小首を傾《かし》げた。

（八年前……エンデ村の魔女狩りがあった年……）

何も関係がないはずだが、エンデ村のあるあたりがルードルフの領地だという点が引っかかる。

「さて、わたしが気になるのは、君のことだ」

壁についていた両手をだしぬけに喉《のど》に当てられ、セシーリアはぎょっとした。

「ぼ、僕のことですか？」

「ああ。君のことだよ、レオン。修道院暮らしが長く世間知らずな美少年は、わたしにしてみれば、随分《ずいぶん》と不可解な存在だ。帝国の皇子や選帝侯と物怖《ものお》じせず口をきき、恐れもせずに自分の意見を述べる。へりくだった言い方は上っ面《つら》だけ。君の心は誰にも従おうとしていない」

セシーリアは息を呑《の》んだ。エーリヒの眼鏡《めがね》の奥の目が、獲物を見つけた喜びに細められる。

「君は、いったい、どこの誰だ」

ごくりと喉を大きく鳴らす。

逃げなくてはならない。真実を暴かれるわけにはいかないのだから。けれど、身体《からだ》が縛られたように動けなかった。喉を絞める手にゆっくりと力が込められる——。

「エーリヒ、レオンをいじめんなって。びびってんだろ」

音もなく忍び寄ったコンラートがエーリヒの肩を摑《つか》んでいる。

エーリヒは一瞥《いちべつ》すらしなかった。

「邪魔するな、コンラート」

「レオンは俺らの同僚。それでいいじゃねぇか」

「わたしはきさまのように単純にできていない」

「それ以上、レオンの首絞《し》めたら、俺がおまえの首絞めるぜ」

肩を押さえていた手が首に動こうとしたとたん、エーリヒが鋭く振り返ってコンラートの腕を払いのけた。

「気安くさわるな！」

「レオンをいじめるおまえが悪《わり》ぃんだろ」

降参というようにコンラートが両手を挙げる。

緊張が一気にほどけて、セシーリアはその場にしゃがみ込んだ。

「うわ、大丈夫かよ、レオン」

「は、はい」

コンラートの伸ばされた手を掴み、セシーリアは足裏に力を込めて立ち上がる。

エーリヒが眼鏡の位置を修正してから、嫌悪をあらわにして吐き棄《す》てた。

「きさまはいつもそうだ。わたしの策をぶち壊しにする」

「同僚を脅《おど》しつけんなよ。おまえ、そんなんだから、俺以外に親友がいなくなるんだぞ」

「きさまと親友になった覚えなぞないわ！」

またもや不毛な言い争いがはじまりそうになり、セシーリアは割って入った。

「ひとつだけ、訊かせてください！」

ふたりの視線がセシーリアに集中する。

「ルードルフ殿下は、なぜ、ローザンヌと和睦したんですか？」

ローザンヌの王女として、知らなくてはいけないことだった。

ルードルフが独断で講和を進めた理由をどうしても知りたい。

「ローザンヌに借りがあるそうだ」

忌々《いまいま》しいと言わんばかりのエーリヒの返答には、謎が深まるばかりだった。

「借りってどんな借りですか？」

「俺らも知らねぇんだわ」

コンラートが困ったような顔で頭をかく。

（どういうことなの？）

ただひとつわかったことがある。
すべての答えは、ルードルフだけが握っているということだ。

五章　波乱の舞踏会

セシーリアが図書館に来て、ひと月が過ぎようかというころ。

ついにローザンヌとヴァイスブルクとの和睦《わぼく》を祝う式典が挙行されることになった。

式典は二日にまたがって挙行される。一日目が前夜祭を兼ねた大舞踏会、二日目が和平条約の調印式及びその他の国事行為だ。

この二日間は官庁及び帝国図書館も臨時の休みになる。

大舞踏会が開催される当日。明るい陽射しが降り注ぐ中、セシーリアはローザンヌの外交官としてヴァイスブルクに派遣されているファランド伯爵の邸《やしき》に向かった。

頭には切った髪で作ったかつらをかぶり、菫《すみれ》色のドレスを身にまとっている。どちらも、事前に離宮から送らせ、エマから受け取ったものだ。

各人の動きは、あらかじめ手紙で打ちあわせていた。

セシーリアの身代わりとしてやって来たジゼルは、到着してすぐにベールをかぶったまま近くの森に散歩に出る。付き添うのは、ジゼルと旅の道中で合流したエマただひとり。伯爵邸がセシーリアと護衛の兵を出迎える準備で大わらわになっている間、セシーリアはジゼルと入れ替わる。

ジゼルは木陰でセシーリアと同じ色のドレスを手早く脱ぎ、下に着ていた紺《こん》色のドレスを整え、何食わぬ顔をしてセシーリアに付き添う。エマはジゼルが脱いだドレスを回収して、いったん離脱。

ジゼルを連れて散歩から戻ったセシーリアは、シャンデリアが吊るされた玄関に入ったところで、ファランド伯爵の出迎えを受けた。

ジゼルがベールを静かに取り去ると、セシーリアは薄氷を踏むような入れ替え劇など想像させぬべく、優雅な微笑《ほほえ》みを浮かべた。

「伯爵、お久しぶり」

「姫様、長の旅路、お疲れでしょう」

セシーリアの手の甲に儀礼的に唇を近づけたファランド伯爵は、皺《しわ》の刻まれた頰《ほお》を親しげに緩《ゆる》めた。

「病弱な姫様が外に出られるようになるとは、実に喜ばしいことです」

「……え、ええ、本当に、わたしもうれしいわ」

セシーリアは頰が引きつりそうになるのを懸命にこらえながら、微笑みをたたえ続ける。

ローザンヌにとって最重要国のひとつであるヴァイスブルク帝国に外交官として派遣されるだけあって、ファランド伯爵は父の腹心だった。家族ぐるみの付き合いがあり、セシーリアの見舞いに訪れたことが何度もある。

セシーリアの顔を誰も知らないであろうヴァイスブルクの祝賀式典に、ジゼルを代理として出せなかったのは、ひとえに伯爵をごまかせないためだ。

「今日と明日は姫様の補佐を精一杯務めさせていただきますので」

「よろしくお願いね、ファランド伯爵」

伯爵邸の侍女《じじょ》に案内されて、セシーリアのために用意された部屋に入る。ジゼルとふたりきりになったところで、セシーリアは安堵《あんど》の息をついた。

「ひ、ひと仕事終了ね」

「お疲れさまです、セシーリア様」

いたずらっ子めいた光を瞳にちらつかせるジゼルに、セシーリアはぎゅっと抱きついた。

「ジゼルぅー！」

「セシーリア様ぁ──！」

ほぼ一月ぶりの再会は、矢継《やつ》ぎ早《ばや》の質問からはじまる。

「ジゼル、元気？　うまくごまかせてる？　レオンはどう？　お父様は？」

「あわてないでくださいよ、セシーリア様。陛下からは、とにかく早く帰って来いというお言伝があります。最近は抜け毛がますます増えて、櫛《くし》を通すのが恐ろしいとか。レオン殿下は、一日百回くらい、姉さんが無事でいますようにと東の空を見ながら唱えてます。あたしは大丈夫です。なんとかやっておりますから、ご心配なく」

「そう……レオンもお父様も元気そうでよかった」

「今の話からどうしてそんな結論が出てくるのか、不思議ですよ」

あきれたようなジゼルに、セシーリアは微笑みを浮かべて彼女の手を握る。

「わたしの心配をする余裕があるってことでしょ」

「そう言われれば、そうですけど」

「……レオン、小さくなった？」

セシーリアの問いに、ジゼルがわずかにためらってから、小さくうなずいた。

「ほんのちょっとですけど、背が低くなりましたね」

「……そう」

ジゼルの悲しげな微笑に、セシーリアは眦《まなじり》を下げた。

「……会いたいわ、レオンに」

今こうしている間にも、レオンは若返っていく。

あせっても仕方がないのかもしれないが、過ぎていく時を手繰《たぐ》り寄せたくてたまらない。

「本は見つかりました？」

「……ううん、まだ」

「そうですか……」

ジゼルは迷うように視線を動かしてから、焦点をセシーリアに当てる。

「……セシーリア様。もしも、レオン殿下の呪いが解けなかったら、どうなさるんですか？」

セシーリアは息を呑《の》んだ。

レオンが赤ん坊にまで若返り、魔王に身体《からだ》を乗っ取られる。

それは何度も考えた最悪の事態だった。

「そうなっても、レオンと一緒にいるわ」

「中身がレオン殿下と違うのに？」

斬り込むようなジゼルの問いに、セシーリアはためらわずに答える。

「中身が違っても、レオンはレオンよ」

きっぱりと言い切ったセシーリアに、ジゼルがため息をついた。

「……疑問だったんですよ、『赤の魔王』がセシーリア様を手放したのが。でも、今のお答えを聞いて、わかりました」

「何がわかったのよ、ジゼル」

「『赤の魔王』はレオン殿下を手中に収めれば、セシーリア様が自動的にくっついてくるとわかっているんでしょうね。だから、レオン殿下に若返りの呪いをかけて、時が経つのを待っているんです」

ジゼルの発言にセシーリアは苦い思いで同意した。

「そうでしょうね」

「『赤の魔王』の狙いがわかっても、セシーリア様はレオン殿下のおそばにいるおつもりなんですか？」

ジゼルの問いに、セシーリアは揺るぎない気持ちを示すように即答した。

「レオンに若返りの呪いがかけられた、そもそもの原因は、わたしにあるんだもの。レオンから離れるなんて、できないわ」

セシーリアは『赤の魔王』にふたつの依頼をした。

花嫁となる代償にレオンの無事を。

魔力を捧げる代償にルードルフの殺害を。

今になって思えば、愚かな頼みをしたとしか思えない。

レオンはセシーリアが花嫁になることを阻止するため、自らの肉体を与えるという取引をして、若返りの呪いをかけられた。

ルードルフは生きていて、セシーリアの仮の上司になっている。

セシーリアの願いは、さらなる厄介事《やっかいごと》を招いただけに終わったのだ。

(でも、あのときは必死だった)

『赤の魔王』に依頼を託したとき、自分の選択は最善のものだと信じていた。

けれど、今や運命の輪は複雑にねじれて、ほどくのが難しくなってしまったのだ。

「セシーリア様――」

「ジゼル、わたしはあきらめないわ。必ずレオンを助ける。だって、わたししかレオンを助けられないんだもの」

セシーリアがあきらめたら、レオンは終わりだ。

そんなことできるわけがないし、絶対にしたくない。

ジゼルがもどかしげに唇を開きかけたとき、ノックの音がした。

「どなた？」

「わたしです」

返答はエマのものだ。ジゼルが急いで扉に近寄り、細く開ける。隙間《すきま》をするりと抜けてきたエマはふたりを見て、不思議そうにまばたきをした。

「ご用意、まだなんですね」

「そうなの。ジゼルと話していたら、つい」

セシーリアが小さく舌を出すと、エマが微笑《ほほえ》みながら近づいて来る。

「姫様、ジゼルさんとこんなに長く離れたことがおありにならないでしょうから」

「まあね、ジゼルとはいつも一緒だもの」

「ほんとに！　それにしても、こうして三人でいると、離宮にいるみたいですね」

ジゼルの発言に三人で顔を見合わせる。束の間、明るい笑いがこぼれた。

「本当ですね。あのころみたい」

懐かしげに目を細めるエマには、マテウスが危惧《きぐ》していたような影がない。

そのことにほっとしていると、ジゼルが陽気に誘いかける。

「エマ、マテウスはひとりでも大丈夫でしょ。戻って来ない？　ひとりになってから、セシーリア様のお世話がたいへんで」

「たいへんって、今は世話をしていないじゃない」

セシーリアがむくれると、ジゼルがわざとらしく沈痛そうな表情をつくってから、右手で左胸を押さえた。

「お世話をしていなくても、心配で寿命が縮まりそうになってますよ」

「毎日、寿命が縮みそうになっているのは、わたしのほうよ！」

女とばれたら一大事、いや、王女と暴かれたら、絶体絶命だ。

自業自得《じごうじとく》とはいえ、『運命《さだめ》の円環《えんかん》』が見つからなければ、危険と隣り合わせの日々はまだまだ続く。先のことを考えると、頭が痛くなってくる。

「……問題は、今日と明日よ。セシーリア王女と図書館司書のレオンが同一人物だなんて、万が一にでも疑われるわけにはいかないわ」

今夜の一大イベントは、セシーリアを主賓《しゆひん》として開かれる大舞踏会だ。

皇子たるルードルフも、選帝侯家の次期当主であるコンラートとエーリヒもその場にいるだろう。あの三人に見破られたら、おしまいだ。

胃がちくちくと痛い。みぞおちの辺りを撫《な》でていると、ジゼルとエマが顔を合わせてから、意味深な笑みを同時に浮かべた。

「大丈夫ですわ、姫様」

「あたしたちにおまかせください。セシーリア様をとびっきり飾りつけて、ヴァイスブルクのイモ男共をひれ伏させてみせますわっ！」

「ジ、ジゼル、鼻息が荒いわよ」

「だいたい、セシーリア様が本気で着飾ったら、男の子になんか間違われないわよっ！」

「そうですよ。姫様は『ローザンヌ王国の黄金の薔薇《ばら》』ですもの」

「感慨《かんがい》深いわね！　セシーリア様のめったにない正装姿よ！　帝国の奴らの度肝《どぎも》を抜いてやるわ！」

「ジゼルさんったら、けんか腰ですよ」

「けんか腰にもなるわよっ！　ヴァイスブルクはローザンヌの敵なんだから！」

ふたりは運び込まれた衣装箱やトランクを開けると、靴《くつ》やドレスを次々と取り出していく。

「ね、ねえ、ふたりとも。わたし、何か手伝うことある？」

応酬《おうしゅう》の合間に控えめな質問をようやく挟むと、ジゼルが作業の手を止めた。

「あります！　まずは湯浴みをしていただかないと。エマ、あとはまかせてもいい？」

「もちろんです」

にっこり笑うエマに見送られ、セシーリアはジゼルと共に浴場に行く。

清潔に磨《みが》き上げられた浴室は、並々と湯をたたえた浴槽《よくそう》から花の香りが混じった湯気がのぼっていて、緊張が自然とほどけていく。

むせかえるほど甘い香りに包まれて、セシーリアはジゼルひとりの手を借り、髪と身体を洗い上げていった。

本来ならば、伯爵邸の侍女の手を借りたいところだが、セシーリアの胸元には魔女の証《あかし》である薔薇の痣《あざ》がある。本物の薔薇をしのぐほど鮮やかな真紅の薔薇は、誰にも見られてはいけないものだ。

全身こすられながら、セシーリアは申し訳なくなった。

「ジゼル、ごめんね。いつもジゼルには迷惑かけてばかり――」

「よけいな遠慮《えんりょ》は無用です。セシーリア様をきれいにするのは、あたしの仕事なんですから。……それよりも、この平べったい胸をどうごまかせばいいんだか。もうちょっと、こう、丸みがあれば……！」

「悪かったわね」

男装には好都合でも、女装だと欠点にしかならない貧乳ぶりを指摘され、さすがにむくれる。

湯を使ったあとは薔薇の精油を全身に薄く塗り、化粧《けしょう》を施《ほどこ》され簡単なドレスを着てから、部屋に戻る。

部屋ではエマが待ちかまえていた。勝手知ったるふたりは、セシーリアを下着姿にすると、どんどん着せ替えていく。

「エマ、ちょっとコルセットを締めるのを手伝って」

「ジゼル、締めすぎ！」

「お胸が残念なんですから、せめてウエストラインは完璧《かんぺき》に仕上げたいんです。くびれを強調して、胸を底上げしなきゃならないんですよっ」

壁に手をついたセシーリアは、背後からふたりがかりで締め上げられるコルセットの圧力に耐えていた。内臓が圧迫されて、呼吸すら危うくなりそうだ。

「がまんしてくださいね、セシーリア様。ドレスは根性と忍耐で着こなすもんです」

「わ、わかってるけど、きついのよ。ずっと男装姿だったでしょ」

「なるほど、男の恰好《かっこう》で楽しすぎたんですね。そのままだと、お身体の線がだらしなく下方に垂れていっちゃいますよ」

「そんなに垂れてないわよっ」

「体型維持は日常生活の節制からはじまるんです。現在の手抜きは十年後にあらわれると覚えておいてくださいね」

一分の容赦《ようしゃ》もなくコルセットを締めあげると、紐を結んでいく。ふたりの手際《てぎわ》は息が合っていて、無駄がない。

何枚もペチコートを重ねてから、ようやくドレスを着る。

立ち襟《えり》の白い絹のドレスには、金糸でいくつも小花が刺繡《ししゅう》され、小粒の真珠《しんじゅ》が散りばめられている。裾《すそ》や袖口《そでぐち》を飾るのは、霞《かすみ》のようなレースで、襟元《えりもと》を飾るのはルビーのブローチだ。薔薇の形をした金の台座の中心には大粒のルビーが据えられ、周囲を小さなダイヤモンドが取り巻いている。

イヤリングはブローチとお揃《そろ》いで、とき梳《す》かれたかつらの髪には、宝石の薔薇がいくつも咲く銀の髪飾りをつけた。

「エマ、どう？」

「いいと思います？　靴はこれを合わせましょうか」

エマが踵《かかと》の高い靴を用意している。花の形にカットした貴石の飾りがついた可愛《かわい》らしい靴だ。

それを確認したあとで、セシーリアは姿見に映る自分の姿を見つめた。

夜の舞踏会なので、本来ならばデコルテを誇らしげに見せつけるようなデザインのドレスを着るべきだが、魔女の証《あかし》の薔薇をさらすわけにはいかないのだから、仕方がない。

けれど、襟の詰まったドレスは、セシーリアの少女らしさをかえって強調しているようによく似合っていた。

頰《ほお》を押さえて、素直に安堵《あんど》する。

「女の子に見えるわ、ジゼル！」

「当たり前です！　セシーリア様は『ローザンヌの黄金の薔薇』ですよ!?　こんなに美しい王女殿下を男と見間違える馬鹿がいるわけありません！」

ぴしゃりと言って、ジゼルはセシーリアの頰に紅を足し、口紅を塗り直す。

「お顔の色がいまいちよろしくないんですよね。緊張してらっしゃいます？」

「緊張より苦しいのが原因だと思うわ」

久しぶりのコルセットに肺を圧迫されて、呼吸が楽にできないのだ。

「コルセットの紐は緩《ゆる》めませんよ。慣れてください」

「うん、わかってる」

コルセットで締め上げられたウエストはなめらかなラインを描き、ドレスを美しく見せている。男が片手で摑《つか》めるほど細い腰が理想だとされているが、セシーリアのくびれは及第点といえた。

胸元のルビーのブローチに視線を移すと、ため息をつく。

「めったにつけないのよ、このブローチ。もったいないわね」

「質入れして本を買ったりしないでくださいよ」

「しないわよっ！　ただ、これを売ったら、もっと役に立つものが買えそうだなと思っちゃうから」

ローザンヌは決して豊かな国ではない。

鉱山が見つかる前、男たちは傭兵《ようへい》としてレンヌやヴァイスブルクに〝出稼《でかせ》ぎ〟していた。女たちは夫や兄や父を待ちながら、羊の世話をし、山間のわずかな土地を耕して暮らしていた。

鉱山が発見されてからは、それにかかわる産業が生まれて、ローザンヌの男たちは傭兵にならなくて済むようになった。国内で働けるようになった。

それでも、ローザンヌは近隣諸国と比べれば貧しいのだ。

「このブローチ、みんなの血と汗の結晶よ。わたし、ローザンヌの代表として、ちゃんときれいになってる？」

「もちろんです。舞踏会に集まったヴァイスブルクの貴族たちは、きっとセシーリア様の美しさにひれ伏しますわ！」

「……どうかしら」

それがジゼルの贔屓目《ひいきめ》でなければいいが、とセシーリアは姿見を見つめる。

今宵《こよい》、セシーリアは誰よりも美しくなくてはならない。ローザンヌは小国だから、常にヴァイスブルクに侮《あなど》られている。『ローザンヌ王国の黄金の薔薇』と呼ばれるセシーリアが、看板倒れだとわかったら、容赦《ようしゃ》なく笑いものにするだろう。

鏡に映っている自分を鼓舞するように眉《まゆ》を吊り上げた。

(弱気になるわけにはいかないわ)

ヴァイスブルクの誰にも侮られたくない。

「姫様、大丈夫です。姫様は、誰よりもおきれいですわ」

「エマ?」

レースの縁取りがされた手袋を差し出すエマの微笑《ほほえ》みが、どこか儚《はかな》い。セシーリアではなく、どこか遠くを映しているような瞳に胸のざわめきを覚えてしまう。

(気のせい、よね)

マテウスの話を過剰《かじょう》に意識してしまっているだけだ。セシーリアは感謝を込めた笑顔をエマに向けると、手袋を受け取り、指を通す。

ノックの音にジゼルが応答すると、扉が開かれた。

「姫様、これはすばらしい……!」

感嘆《かんたん》の声を発しながら入室したのは、夜会服を着たファランド伯爵だった。

驚きに目を丸くしたあとは、目を細めて慈愛《じあい》の眼差《まなざ》しを向ける。

「亡き王妃様が今の姫様のお姿をご覧になれば、どれほどお喜びになられるか」

喉《のど》にぐっとせりあがるものを感じて、セシーリアは唇を引き結んだ。

セシーリアを見るたびに、いつも悲しい顔をしていた母は、今の姿に満足してくれるだろうか。

「……お母様、喜んでくださるかしら」

「もちろんですとも。姫様のお美しさは、ローザンヌの誉《ほま》れです。今宵《こよい》は帝国中から貴族が集まるでしょうが、みな腰を抜かすことでしょう」

セシーリアに近づくと、ファランド伯爵は思わずといったふうにセシーリアの両手を握った。

「しかし、姫様のこのお姿を舞踏会で披露したら、お輿入《こしい》れの話が再燃するのではないかと心配ですな」

「こ、輿入れ!?」

深窓の王女らしからぬ素《す》っ頓狂《とんきょう》な声を出してしまったセシーリアに、ファランド伯爵はにこにことうなずいた。

「ええ、和平条約の交渉の最中に、姫様を両殿下のどちらかに輿入れさせよという要求があったのですよ。アルブレヒト殿下もルードルフ殿下もいまだ独身で、姫様とは年齢が釣り合うからと……姫様?」

「……ファランド伯爵。わたしは……その……結婚は無理で――」

浮かべる微笑みが苦しい。

「ああ、大丈夫ですよ、姫様。陛下からもそれだけは阻止せよという厳命が下りましたので。姫様は病弱ゆえ、空気のきれいな離宮から長くは離れられないと突っぱねました」

「それで話がついたの？」

セシーリアがさらなる疑問をぶつけると、ファランド伯爵はにこやかな表情を崩さずにうなずいた。

「ええ。今回の和平条約の中身は、レンヌ王国もひとかたならぬ興味を抱いていたようで、かの国の外交官がたびたび口を挟んできましたから。帝国からは土地の割譲《かつじょう》、鉱山の一部譲渡などしつこく食い下がられましたが、結局はさほど譲歩せずに済みました」

ファランド伯爵はあっさりと語るが、居丈高《いたけだか》な帝国と和平の話し合いをするという難しい交渉を一任されて、さぞ神経をすり減らしたことだろう。

「ファランド伯爵、長い間大変だったでしょう。本当にありがとう」

「いえいえ、姫様のこのように美しいお姿を拝見いたしましたら、苦労も吹き飛び――」

またもやノックの音がして、ジゼルが応答すると、ファランド伯爵の侍従《じじゅう》があわてて入室してくる。

「伯爵様、アルブレヒト殿下からの使者が来られて、言伝を。明日の件で打ち合わせしたいことがあるから、至急来られたしとのことです」

「わかった。すぐ行こう」

侍従があわてて退室すると、ファランド伯爵はセシーリアの手を離して一礼する。

「姫様、本来ならば姫様とご一緒する予定でしたが、一足早く失礼します」

「アルブレヒト殿下からの呼び出しですもの。わたしのことは気にしないで」

あんなけったいな服装の皇太子でも一応仕事をするのだと感心していると、ファランド伯爵が心配そうに眉を寄せた。

「姫様のお連れになった護衛の数が少ないので、こちらの護衛と合わせるとちょうどよい数になるはずだったのですが――」

「宮殿に行くだけだもの。大丈夫だと思うわ」

気まずさをごまかすため、満面の笑みを浮かべてみせる。

ジゼルをセシーリアの代役に使っていたため、護衛の数を極力減らしていたのだ。しかも、セシーリアの顔を直接見たことがないような新入りばかりを選ばせた。

「それでは、姫様。お先に失礼いたします」

「伯爵も気をつけてね」

セシーリアに軽く目礼をすると、伯爵は足早に去っていく。室内が女三人に戻ると、一瞬、奇妙な沈黙が落ちた。

「……お輿入れですか」

「結婚なんか、できるわけがないでしょ。派手な魔女の証《あかし》がついているのに」

ジゼルをにらむと、肩をすくめられた。

「結婚したら、旦那様《だんなさま》の前で裸にならなきゃいけませんからね」

「初夜に青ざめる夫の顔を見ろっていうの？」

青ざめる程度で済めばいいが、下手《へた》をすると、翌朝にはセシーリアの死体が寝床に転がっているかもしれない。

「非難されるのは、わたしだけじゃなくて、魔女を嫁に出したお父様もよ」

「裸にならなければ、姫様も花嫁になれるんですよね」

エマが悩ましげに頬に手を当てた。

「政略結婚で嫁《とつ》いできた妻に手を出さない夫なんて、不能と罵《ののし》られるだけよ？」

「ジゼルさん、手厳しいです」

「事実よ、エマ。まあ、セシーリア様が嫁ぐ可能性はゼロじゃないわ。着衣で行為をたしなむのが趣味の男を見つけるか、男が好きな男の偽装結婚相手になるかよ」

「微妙な二択です、ジゼルさん」

「あのね、ふたりとも。わたしは嫁ぎません！　魔女の上に、子を産めないのよ！」

王女なのに、政略結婚の駒《こま》にすらなれない情けなさは、今まで何度も噛《か》みしめた。

「子どもなんて、愛人に産ませたらいいじゃありませんか」

「まさか、それでこっそり自分の子にしてしまうんですか？　さっきからひどいと思います、ジゼルさん」

「あら、そう？　貴族の世界には、ごろごろ転がってる話ばかりよ」

あっけらかんとしたジゼルに、セシーリアは腰に手を当ててすごんだ。

「わたしはレオン一筋よっ！　絶対に嫁ぎません」

「はいはい、わかりました。さ、エマ、セシーリア様の靴《くつ》を履《は》きかえさせて」

「はい、ジゼルさん」

侍女《じじょ》と元侍女から相手にしないと宣言されたも同然で、セシーリアは子どものようにむくれるばかりだった。


舞踏会が開かれるのは、アイトの郊外に広がる森に抱かれたシュスイット宮殿だ。

夕刻、セシーリアはジゼルを連れて二頭立ての馬車に乗ると、十にも満たない護衛の兵に前後を挟まれて出発した。王都の北東にあるシュスイット宮殿は、森を突っ切る一本道を行けばよく、ほとんど迷うことなくつくらしい。

「帝国は帝都にふたつも宮殿があるんですねぇ」

目の覚めるような青のドレスを着たジゼルが感心したように言う。手にした扇子《せんす》を広げたり閉じたりしながら、セシーリアはうなずいた。

「そうよ。アイトの中心にある宮殿が日常の政務に使われていて、シュスイット宮殿は戴冠《たいかん》式や皇族の婚礼、各種式典、今日みたいな舞踏会なんかに使われるんですって」

「金持ちの国は違いますね。ローザンヌは王都にひとつしか宮殿がないのに」

「だって、ひとつで用が足りるじゃないの」

「それはそうですけど。そういえば、セシーリア様の社交界デビューは今日なんですね。ローザンヌの舞踏会にすら一度も顔を見せたことがなかったセシーリア様が、シュスイット宮殿の主役になる！　感慨《かんがい》深いですねって、セシーリア様？」

扇子をぽとりと膝に落としたセシーリアに、ジゼルが首を傾《かし》げる。

「……どうしよう、ジゼル。緊張してきたわ」

「今さらですか」

「だって、図書館司書のレオンとバレたらどうしようって、そればかり心配してたからっ」

「じゃあ、そっちの心配ばかりしていればいいじゃありませんか」

「で、でも、わたし初めてなのよ、人前でダンスするの！　レオンと練習はしたけど……。そもそも、たくさんの人の前に出ること自体が初めてなのに」

「そんなの気にしなくても。大豊作のイモ畑だなーって、思ってれば大丈夫です」

「本当に!?」

扇子を拾うと、高速で開いたり閉じたりする。落ち着きのなさが丸出しだ。

ジゼルがこほんと咳払《せきばら》いをすると、上目遣いになった。

「それよりも、ルードルフ殿下たちの対策は考えたんですか？」

「ええ！　決して目を合わせず、常に対角線上を移動して、ダンスに誘われても絶対に手をとらない。今日と明日さえ乗り切れば、もうセシーリア王女はヴァイスブルクにあらわれないのよ。似てるって指摘されても、気のせいです！　で済ませられるわ！」

扇子の柄をぐっと握ると、ジゼルが半眼になった。

「なによ」

「そんな逃げ腰だとますます怪しまれそうですけどね。堂々としていればいいんですよ、堂々と」

「無責任なこと言わないでよ」

「女は度胸とはったりですよ。相手の目を見て、文句あるかって顔をして、にっこりと笑ってやればいいいんですよ」

「そ、そうかしら」

半信半疑でいると、ジゼルが真顔でうなずく。

「そうですって。大体、今のお姿を見て、化粧もしない男の子と結びつけられるほど洞察力のある男なんていませんって、え!?」

突如として馬車が急加速し、座席から腰が浮いた。ほんの寸前までは馬の足並みがそろっていたのに、八本の脚がでたらめに動いているようだ。

「な、なんなの、いったい!?」

窓から外を覗《のぞ》くと、並走する馬上に白い仮面をつけた男が乗っている。

明らかに護衛の兵ではなく、どう考えても悪い想像しかできない。

「……この馬車、逃げてるのよね？」

「セシーリア様。馬車を止められても、外に出てはだめです。あたしが出ますから」

ジゼルがセシーリアを押しのけて、窓の外をにらんだ。扇子をポケットにしまいながら、セシーリアはジゼルの頭越しに外を見る。森の木々が飛ぶように動いていた。

「強盗なのかしら？」

「強盗のほうがマシでしょうね」

金で交渉できない相手――セシーリアの命を狙う輩《やから》だったら、この逃亡の結末に希望が持てない。

「どうして、わたしが襲われ――」

「セシーリア様、床に伏せてください！」

直後、馬車が一瞬、宙に浮いた。床に伏せて頭を抱えたセシーリアの上に、ジゼルが覆《おお》いかぶさる。車輪が激しくバウンドし、車体が斜めに傾く。しばらく引きずられたあと、馬車は停止した。

嵐の前の静けさをジゼルの穏やかな問いかけが破った。

「……おけがは？」

「ないと思う。ジゼルは？」

ささやきにジゼルは答えない。やや上を向いた扉が開かれて、仮面をつけた男が顔を覗かせる。男がすばやく起き上ったジゼルの腕を掴《つか》み、無理やり外に引きずりだした。

「待って、わたしが――」

ローザンヌ王女セシーリアだと名乗ろうとしたら、ジゼルが振り返ってものすごい形相《ぎょうそう》をした。黙れ、とその目が告げている。

（身なりでわかってしまうわよ）

セシーリアのほうが豪華な衣装を着ているのだ。見比べれば、どちらが主か一目瞭然《いちもくりょうぜん》だ。

それなのに、外に出たジゼルが高らかに言う。

「わたしがローザンヌ王国の王女、セシーリア・バルメ・ローザンヌよ。おまえたち、それがわかって――」

がつりと鈍い音とジゼルのうめき声がした。嘲笑《ちょうしょう》が重なる。もう耐えられない。

震える足を叱咤《しった》して立とうとしたら、だしぬけに男たちの悲鳴があがった。

這《は》うようにして扉に近寄ると、仮面の男が目前で殴《なぐ》り飛ばされた。黒い影が追って通り過ぎる。

右目を覆う黒い眼帯とひるがえる闇色のマントに、セシーリアは瞼《まぶた》を見開いた。

（館長!?）

ルードルフは倒れた男の頭を無造作に蹴《け》り飛ばしている。ナイフを持って背中を突こうとする新手は、すばやく振り返ったルードルフに腕をひねられ、苦悶《くもん》の声を上げた。

ルードルフは男の腕をそのまま不自然な方向に曲げてしまう。骨が折れたか、筋が切れたか、すさまじい悲鳴をあげた男の頭を近くの立ち木に叩きつける。何度か叩きつけられていると、男の身体《からだ》がぐにゃりと力を失い、その場に崩れ落ちた。

セシーリアは馬車の床に爪を立てて、全身を小刻みに震わせていた。

剝《む》き出しの暴力を見せられたのは初めてで、どうしようもなく恐ろしい。助かったのだと安《あん》堵《ど》することすらできなかった。

倒れた男たちが動かないことを確認すると、ルードルフがこちらに近づいて来る。

セシーリアは身体に力を入れて、なんとか立ち上がった。馬車の入り口を摑んで彼を出迎えると、ルードルフが無表情で問いかける。

「………セシーリア王女とお見受けするが」

なぜわかったのかという問いは愚問《ぐもん》だろう。馬車には、極星に向かって吠える狼の紋章が描かれている。何ものにも従わぬ狼は、ローザンヌの象徴だ。

「……はい。危ないところをお助けいただき、ありがとうございます」

唇の端が引きつってしまうが、ちゃんと微笑《ほほえ》んでいるように見えているだろうか。

「けがは？」

「ありません。あの……お名前をお伺《うかが》いしても？」

セシーリアはルードルフと初対面なのだ。あくまで素知らぬふうを装ってたずねると、彼が少しだけ眉《まゆ》を寄せた。

「名乗りもせず、失礼した。俺は――」

言いかけたところで、パーティー真っ盛りとでもいうような陽気な声が響いた。

「ルードルフ殿下！」

馬に乗ってあらわれたのは、コンラートだ。美々しい礼装が、手にした剣が、返り血で真っ赤に濡れている。

「刺客《しかく》は全部倒しましたよっ！」

「……コンラート。おまえ、そんなに服を汚してどうするんだ。今からどこに行くかわかっているのか」

「あ、やべぇ」

とお気楽につぶやくコンラートに、反省している様子はない。

「面倒だし、俺、行かなくてもかまわねぇか」

「コンラート、俺の注意を聞いていたのか。手を抜けと言っただろう」

「久しぶりに遊べると思ったら、つい」

「ついじゃない」

まるで獲物を追い出したら我を忘れる猟犬とその猟犬を躾《しつ》ける飼い主のようだ。ふたりのやりとりに半ば気を抜かれていると、か細いうめき声がした。

「ジゼル！」

セシーリアは裾《すそ》をからげて馬車から飛び降りると周囲を見渡し、壊れた車輪のそばに横座りしているジゼルを見つけた。

「ジゼル、大丈夫？」

顔をあげたジゼルはこめかみから血を流している。セシーリアの血の気が引いた。

「ジゼル、けがをして――」

「セシーリア様、お召し物が汚れます」

ジゼルは自分の顔の前に手を出して、セシーリアの接近を拒否する。

「で、でも――」

「あたしたちの苦労を無にしないでください」

素っ気ない拒絶の裏には、セシーリアへの思いやりがある。舞踏会の前に服を汚すわけにはいかないとジゼルは考えているのだ。

ジゼルはいつだってセシーリアを第一に判断する。

「ジゼル、ごめんね、わたし――」

「泣いたら化粧が崩れますから、やめてください」

傷が痛むのか、ジゼルがうつむいて眉を寄せた。

コンラートがすべるように馬を降りてジゼルに近づく。剣を鞘《さや》に収めて片膝をつくと、無遠《ぶえん》慮《りょ》に傷を覗《のぞ》いた。

「多分、浅いから大丈夫だぜ。頭をやると、けっこう派手に血が出るからなぁ」

「は、はぁ」

なれなれしいコンラートの態度に、ジゼルが困惑している。

「ファランド伯爵んとこに泊まってんだろ？　俺が送ってやるよ。こんな恰好《かっこう》じゃ、舞踏会に出れねぇし」

「あ、ありがとうございます……」

ジゼルが戸惑いをあらわにして礼を述べると、コンラートが立ち上がり、大きく伸びをした。

「しっかし、よくもまあ派手に壊したよなぁ」

斜めに傾《かし》いだ馬車は車輪が車軸からはずれかけたり、歪んだりして、もはやガラクタだ。

どうやら道からはずれて森に追いやられたらしく、鬱蒼《うっそう》とした木々が空を覆《おお》っている。

急速に暗くなっていくから、陽が落ちかけているのかもしれない。

セシーリアは遠くを見渡した。御者や護衛の兵の姿が見えない。

「あの、護衛の兵をご存じありませんか？」

「通りすがりに見つけた。運がよければ、生きているだろう」

ルードルフの返答に、セシーリアは口元を手で覆う。

(泣いてはだめ)

強く、きつく、自分を制する。そうでなければ、わずかにこぼれた涙が呼び水になって、子どものように泣きじゃくったことだろう。

「馬も死にかけてるし、ひでぇことするわ」

「ルードルフ殿下。セシーリア様を送っていただけませんか？」

決然とした一言に、セシーリアは驚きの目をジゼルに向ける。

ジゼルは馬車にすがるようにして立ち上がっていた。ルードルフを見る瞳には、なみなみならぬ力が込められている。

「そうする予定だったが」

あっさりと承諾《しょうだく》したルードルフに、かえって動揺《どうよう》する。

道中、一緒だなんて、拷問《ごうもん》としか思えない。

「ジ、ジゼル、何を言って――」

「帝国の皇子の馬車を襲う馬鹿はいないでしょう。セシーリア様、シュスイット宮殿まで送っていただきましょう」

「で、でも……」

我が身の置かれた状況とこれから何をすべきか考えれば、ジゼルの提案が妥当《だとう》だとすぐに理解できる。

セシーリアは主賓《しゅひん》だ。主賓があらわれなければ、舞踏会は開かれない。

けれど、けがをしたジゼルや生死不明な護衛の兵を放っておくことなんかできない。いや、したくない。おまけに、ルードルフと長い時間一緒にいたら、司書のレオンと同一人物だと見破られる可能性が飛躍的に高まってしまうのではないかという恐れが大きい。

「ジゼル、わたしは――」

「セシーリア様。セシーリア様はローザンヌの代表ですよ」

その一言だけで、反論は封じられたも同然だった。

帝国との和平成立を祝う場に、セシーリアがいないなんて考えられない。和平を誰よりも望んでいるのは、戦争が起きたら大打撃を受けるローザンヌの民だからだ。セシーリアの個人的都合など、脇に置いておくべきことだ。

「……わかったわ」

「では、ルードルフ殿下、セシーリア様をよろしくお願いします。……セシーリア様、あたしは伯爵邸でお帰りをお待ちしておりますから」

すがるようなジゼルの目に、セシーリアは息を呑《の》んだ。

セシーリアのそばにいたいのに、その身を誰かに託さなければならないという恐怖とジゼルは戦っている。一番不安なのは、セシーリアの手を離す決断をしたジゼルのはずだ。

「ジゼル、わたしは大丈夫よ。ルードルフ殿下がシュスイット宮殿まできっとお守りくださるから」

セシーリアはジゼルに微笑んだ。本当はジゼルを抱きしめたいが、そうはできない。

だから、特別優雅な王女の笑みを浮かべて自信を示してやると、背筋をきちんと伸ばしてジゼルに背を向け、ルードルフに歩み寄った。


とはいっても、セシーリアの王女的余裕はルードルフと馬車に同乗すると、たちまち小指の先まで小さくなった。

主と同じく黒ずくめの馬車は、適度な弾力がある座り心地のよい座席といい、振動の少なさといい、快適な空間を提供してくれているはずなのだ。

なのに、座席の下に無数の針が埋まっているように落ち着かないのは、目の前にルードルフがいるせいだ。

（怖いよう）

腕も足も組んで、セシーリアをひたと見ている姿に監視されているような錯覚《さっかく》に囚われる。およそ舞踏会に行く浮かれた雰囲気《ふんいき》はなく、行きつく先が地獄だと言われても、素直に納得しそうだ。

(大丈夫、大丈夫。見破られたりしないわ)

扇子で口元を覆い、セシーリアはルードルフと目を合わせず、彼が礼装につけている勲章やら肩章やら眺めながら、懸命に暴れる心臓をなだめていた。

(……ジゼルたち、大丈夫かしら)

ジゼルはコンラートが送ると約束してくれた。護衛兵や御者はルードルフが部下に回収命令を出していたから、闇の中に放置されるということはないはずだ。

いろいろな不安が渦巻いて、呼吸が苦しい。コルセットを押し上げるようにして息をしていると、ルードルフが沈黙を破った。

「どこかで会ったことがあるか」

雷が落ちてきたような衝撃を食らい、セシーリアは扇子の柄をぐっと握りしめた。

(どど、どうしよう)

見破られたのだろうか、ルードルフの目を見るのが怖い。

(どちらにしろ、返事はひとつしかないでしょっ!)

扇子の陰で、無理やり微笑みを浮かべた。

女は度胸とはったりだ。怯《おび》えれば、かえってぼろがでる。

「今日が初対面ですわ」

ルードルフの左目を文句があるかとばかりに見据える。

互いの間に幻の火花が散った――ような気がしたが、負けるもんかと腹の底に力を入れた。

「そうか」

「そういえば、わたし、本で読んだことがありますの。初対面の女性を口説《くど》くのに、どこかで会ったことがあるでしょうと必ず口にする殿方《とのがた》のことを」

「へえ、それからどうなるんだ」

いかにもつまらなそうに相槌《あいづち》を打たれたので、セシーリアは眉を吊り上げた。

「お会いしたことがありませんって返事をすると、いいえ、会いましたよ、夢の中でって答えるんですわ。あなたを想いすぎてしまったので、夢の中にお邪魔したんでしょうって」

「実にくだらない口説き文句だな」

「ええ、本当に。その本を読んでから、初対面のかたに会ったことがあるかと問われたら、用心しようと決めましたわ」

ぴしゃりと言い切ると、ルードルフが一瞬、押し黙った。

陳腐《ちんぷ》な口説き文句と同列にしてやったから、もう二度と会ったことがあるかとは訊いてこないだろう。

ルードルフが足を組み替えた。いらっとした空気が彼を取り巻いている。

「王女殿下は病弱だと聞いていたが、おそろしく元気そうで何よりだ」

「今は無理をしていますの。帝国の皆さまにご心配をおかけするわけにはまいりませんもの」

「なるほど、今は本来の姿ではないと」

「ええ、和平の式典にわざわざ招待していただいたんですもの。病弱なわたしを歓迎してくださるなんてありがたいことですから、せいぜい倒れないようにがんばりますわ」

言葉の端々に嫌みをにじませてやったが、ルードルフは正確に受け取ったようだ。

ますますいらっとしたように、投げやりな励《はげ》ましを寄こす。

「そうか。夜は長いが、がんばってくれ」

「ええ、最初の歓迎が物騒でしたけれど。シュスイット宮殿では心穏やかに過ごせればいいのですが」

と、これは本音だ。

(コンラートは刺客《しかく》だと言っていたわ。誰かがわたしの命を狙っているってことよね)

動機はローザンヌとヴァイスブルクとの和平を妨害したいということだろうか。

(でも、いったい誰が……)

ルードルフをじっと見つめる。都合よく助けに来てくれたが、こんな偶然があるのだろうか。

「ルードルフ殿下は刺客の出所をご存じですか?」

「残念ながら知らないな」

素っ気ない返答は真実かどうか判断がつきかねた。

セシーリアは天井に目を向ける。

「……刺客に襲われたことは、黙っているんだな」

「警備の不足を責めているように聞こえるからですか？」

にっこり笑うと、ルードルフが片頬を引きつらせた。

「王女はいちいち嫌みを言わないと気が済まないようだ」

「そういうつもりでは……事実ですし」

無邪気を装い、小首を傾《かし》げてやる。

ヴァイスブルクには恨み骨髄《こつずい》だから、揶揄《やゆ》と皮肉が流れるように出てきて、止められない。

「けんかを売りたいなら、言うがいい」

「そんなつもりはありませんわ。わたしは両国の平和を願っております」

どのみち、公言するつもりはない。

半年以上かけて、ようやく和平条約締結までこぎつけたのだ。関係悪化は望むところではない。

ルードルフが黙った。そうすると、車輪の回る音が意外に大きく聞こえる。

窓の外はもう闇の中だ。

「……恐ろしい思いをさせて、すまなかった」

思いもよらぬ謝罪に、セシーリアは胸を衝《つ》かれた気になった。

「……い、いいえ」

それ以外の返答が思いつかなくて、膝に視線を落とす。

心の中の何かが急速にしぼんでいくのを感じる。おそらく怒りや憤《いきどお》り、苛立《いらだ》ちや不満という単語であらわされる感情だ。そういった負の感情に突き動かされるようにしてしゃべっていたのに、ルードルフの謝罪がセシーリアを冷静にする。

（……本当はお礼を言わなければいけないのに）

そもそも和平を持ちだしたのは、ルードルフなのだ。彼がローザンヌとの戦争を途中で放棄《ほうき》しなかったら、ローザンヌの犠牲はもっと大きかったはずだ。

（本当は訊きたい）

なぜ、皇帝の名を借り、和平しようと思ったのか。

けれど、それはセシーリアが関知できないことだから、口にするのは不可能だ。

（レオンの姿のときだったら、答えてくれるかしら）

真実を打ち明けてくれるだろうか。

今、セシーリアは本来の姿でルードルフと向き合っているのに、本当に知りたいことをたずねることができない。

彼が敵だからだ。

ローザンヌとヴァイスブルクとの間の平和など、温めたミルクに張る皮膜《ひまく》のように薄っぺらく、いつ破れてもおかしくない。

そんな国の相手に本音をぶちまけたりはしないだろう。

（なんだか、変）

当然だと思いながら、ほんのわずかだが寂しいと感じている。

セシーリア王女の前で、ルードルフは笑ったりしないだろう。偽物のレオンの前では笑ってくれたけれど。

おかしな気分に、扇子を閉じたり開いたりする。早く宮殿についてしまえばいい。

そうしたら、心の中に湧いた靄《もや》を追い払えるような気がする。

セシーリアの望みを汲んだかのごとく、馬車の歩みが遅くなった。

「もうすぐつくぞ」

「は、はい」

胃がきゅうっと縮む。またもや鼓動が駆け足になる。

(大丈夫、大丈夫)

血の気がすうっと引きそうだが、引いたら本気で気絶しそうだから、セシーリアは懸命にこらえた。

そうこうしているうちに馬車が止まってしまう。

外からうやうやしく扉が開かれて、先に降りたのはルードルフだ。

彼はステップを降りるとすぐにセシーリアを振り返り、手を差し出した。

当然といえば当然の振る舞いなのだが、セシーリアは驚きのあまり硬直してしまう。

「降りないのか」

訝《いぶか》しげに眉《まゆ》を寄せられて、セシーリアは弾かれたように動き出す――といっても、かさばるドレス姿だから、気持ちは急《せ》いても、身体《からだ》の運びはゆっくりにしかならない。

ルードルフの右手に左手を重ねたとき、心臓が大きく鳴った。

(こんなことでバレたりしないわよね)

以前、手首を掴《つか》まれたことがあったのだ。触れ合うのは初めてではないから、それが不安を誘う。

できるだけ優雅にステップを降りる。背筋を伸ばし、和《なご》やかな表情で、足の運びはしとやかに。

セシーリアが降りたとたん、その場にいた従僕たちからざわめきが――というよりも、どよめきが起きた。

「で、殿下、そちらは?」

「主賓《しゆひん》だぞ。馬鹿な質問はするな」

ルードルフがたしなめるが、だからといって、その場の空気は浮ついたままだ。

(わたしと殿下が一緒に到着するなんて想定外でしょうし)

ルードルフは先触れの使者を出せなかったはずだ。セシーリアの護衛兵を回収するのに、人員のほとんどを割いてしまったのだから。しかし、従僕たちにとっては、皇子と王女が連れ立ってくるなど予想の範囲外だろうから、さぞ困惑させられているのだろう。

「も、申し訳ありません、予定になかったものですから」

「予定はいつも変わるもんだろう。早く中に知らせて来い」

ルードルフに叱咤されて、お仕着せを着た若者が開け放たれた正面玄関を走り抜けていく。セシーリアは毅然《きぜん》と背を伸ばし、儀礼的な微笑《ほほえ》みを浮かべながら、周囲をちらちらと観察していた。

（すごく大きいわー）

玄関ポーチの大理石の柱は古代の神々の浮き彫りで飾られ、空間の広さたるや大型の馬車が二台は余裕で止められそうなほど。重厚な扉の向こうには、色のついた大理石で幾何《きか》学《がく》模様を描いた広大なホールが広がり、その奥には真紅の絨毯《じゆうたん》を敷かれた白大理石の階段が続いている。

庭に目を転じれば、篝火に照らされた遊歩道が闇の奥に消えて、果てが見えない。植えられた緑も闇と同化して、とにかくだだっ広いということだけはわかる。

（シュスイット宮はローゼマリーが選帝侯たちに命じて建てさせたのよね）

帝国統一の仕上げとして建てられたシュスイット宮殿は、一説では、一国の王にも等しかった選帝侯たちの財力に打撃を与えるために計画されたと言われている。女帝ローゼマリーへの忠誠を示すため、選帝侯たちは競うように金と資材と人員を出し合い、シュスイット宮殿をわずか二年で完成させたという逸話は有名だ。

（か、帰りたい）

莫大《ばくだい》な投資の果てに建てられた宮殿の前で、ドレスに隠されたセシーリアの膝が震える。むろんここまで来てそんなことができるはずもなく、ローザンヌ王国の王女という矜持《きようじ》が、なんとかセシーリアの足を縫《ぬ》い止めている。

（しっかりしなきゃ。ジゼルの言ったとおりに考えれば、緊張しないはず！）

頭の中に大豊作のイモ畑を懸命に思い描いていると、ルードルフから手を引かれた。

「おい、歩け」

「ちょ、ちょっと待っていただけますか。今、頭の中にイモを植えておりまして」

「イモ？」

ものすごく怪訝《けげん》そうな顔をされたので、セシーリアは早口で説明する。

「わたし、たくさんの人の前に出るのが初めてなんです。ですから、ここがイモ畑だと思えば、きっと緊張しないはずだと思って」

収穫間近のイモ畑を必死に想像していると、ルードルフがうつむいた。押し殺した笑い声に、セシーリアがぎょっとする。

「そ、そんなに笑わなくても」

「いや、思ってたほうがいいぞ、イモ畑だと」

左眼に宿った光が意味深で、戦慄が走った。

「やっぱり……そんなに……たくさんの人が……」

「病弱で、社交界に出たことがない王女殿下の初のお披露目だから、帝国の貴族はほとんど来ている」

「……聞かなければよかったですわ」

遠い目になった。ものすごいプレッシャーだ。

「とにかく行くぞ。ここでぐずぐずしていても、仕方ない」

「ええ!?」

手を強引に引かれて、歩き出すしかなくなる。

黄金と玻璃《はり》でできた巨大なシャンデリアが照らすホールを通り、赤い絨毯が敷かれた白大理石の階段を上る。無我夢中でついていくと、大ホールの手前の控室でルードルフは足を止めた。

「……まだ緊張しているのか？」

「話しかけないでください。イモ畑がなくなりますから」

従僕が扉を開ける準備をしている。もう中にはセシーリアたちの訪れが伝えられているはずだ。

「……今夜は俺から絶対に離れるな」

「はい!?」

答える声が無様《ぶざま》に裏返る。ルードルフを見上げると、彼はセシーリアに顔をしっかりと向けた。左眼に宿る光が針のように鋭い。

「わかったか」

「は、はい……」

と返事をしたものの、頭の中が混乱状態に陥《おちい》るのは否《いな》めなかった。

（脅《おど》しにしか聞こえない……）

脅迫《きょうはく》じみた物言いに、せっかくのイモ畑がきれいさっぱり消滅する。

(や、やっぱりバレているんじゃ……)

その疑念に頭の中をかきまわされていると、従僕が扉を開いてしまった。

セシーリアとルードルフの名が高らかに告げられて、中のざわめきが聞こえてくる。

(もう逃げられない)

心配と不安は山盛りだが、とりあえず保留する。

ルードルフが腕を曲げてエスコートの意思を示してくれるから、観念して左手を添えた。

「行くぞ」

「は、はい」

ゆっくり進むルードルフの歩調は、きっとセシーリアに合わせたものだ。

彼に導かれて、大ホールの真ん中を行く。

シャンデリアのまばゆい光に照らされて、色大理石が組み合わされた床が鏡のように輝いている。

ホールの両側には、ドレスと宝石で着飾った貴婦人と礼装をまとった男たちが瞬時に数えるのをあきらめるほどに並び、しんと静まり返ってセシーリアたちを見つめている。

たくさんの人の注目ときらめく明かりを浴びて舞い上がっても不思議ではないのに、ルードルフと足並みをそろえて進んでいると、なんとか平静でいられた。

(……わたしが侮《あなど》られるのは、ローザンヌが侮られることと同じ)

そう思えば、決して不格好な真似《まね》はできないと身が引きしまる。

背筋を伸ばし、滑るような足取りで、微笑《ほほえ》みを絶やさず。

ローザンヌ王国の王女の名に恥じぬよう、大ホールの中央をゆっくりと進む。

正面には数段高い台があり、黄金の玉座が据えてあった。座っているのはヴァイスブルクの皇帝だ。

髪に白いものは混じっているが、若いころは何人もの女たちを泣かせただけあって美丈夫《びじょうふ》だと表現できるのだろう。その隣の皇妃の椅子《いす》は空いている。

（ブリギッタ皇妃が死んでから、皇帝は新たに妻を迎えなかった……）

ルードルフの母・ブリギッタ皇妃は正妻から夫を盗んだ女として評判はすこぶる悪いが、絶世の美女として名高かった。

ルードルフは果たしてどちらに似ているのだろうと、そんなことを考える余裕さえ生まれる。

玉座の前まで進むと、セシーリアはルードルフから離れ、ドレスをつまんで優雅に一礼する。

「ローザンヌ王国王女、セシーリア・バルメ・ローザンヌでございます。本日はお招きありがとうございます」

小首を傾《かし》げて、いかにも友好的な微笑みを浮かべる。

皇帝は手を組んで、満足そうにうなずいた。

「遠いところをはるばるよく参られた、ローザンヌの王女よ。病弱と聞いていたから、無事到着するか案じていたが――」

「ご心配いただき、恐縮ですわ。皇帝陛下のおやさしいお言葉には、なんとお礼を申し上げたらよいか――」

右手に持っていた扇子《せんす》を広げて口元を隠す。内心いらっとしていた。

（心配するくらいなら呼びつけなきゃいいのにっ）

ローザンヌを見下して、断れないと知りながら呼び出したに違いないのだ。

「それにしても、セシーリア王女は評判どおりの美しさだ。そうは思わないか、アルブレヒト」

「父上のおっしゃるとおりです」

居並ぶ貴族の先頭から抜け出したアルブレヒトを見て、セシーリアは危うく扇子を落としかけた。

（今日は……前回より……輪をかけて……ひどい……）

相変わらず顔は文句なしの美形なのに、色も形もでたらめな服を着ている。

黄と水色のストライプの胴着は無数の切れ込みが入れられて、下に着た紫のシャツが隙間《すきま》から誇らしげに覗《のぞ》いている。脚衣《ズボン》は階段に敷かれていた絨毯《じゅうたん》のような真紅で、マントがドブネズミの灰色。つばの広い帽子には孔雀《くじゃく》と白鳥と雉《きじ》の羽根が飾られている。

調和も節度もない衣装は、直視していいのか目をそらしたほうがいいのか、迷うほどだ。

（……が、我慢よ）

全身差し色としか表現できないアルブレヒトが近づいて来る。一歩も退かずに迎えたのは、ローザンヌの王女としてのプライドだ。

「お初にお目にかかり――」

すぐ前に立ち、帽子をはずしかけたアルブレヒトが、セシーリアの顔をくまなく見つめる。

「……どこかでお会いしたことが？」

「い、いいえ！」

扇子であわてて口元を隠した。唇の端を引きつらせていると、ルードルフが口を挟む。

「兄上、それは陳腐《ちんぷ》な口説《くど》き文句だそうですよ」

ルードルフが馬車の中でセシーリアが言ったことを説明すると、アルブレヒトがふむふむとうなずいた。

「なるほど、やはり兄弟。我々はよく似ているということかな、ルードルフ」

「似ていません」

ルードルフが速攻で否定した。

「口説き方の話だぞ」

「俺は口説いていません」

「そういえば、そもそも、なぜセシーリア王女と一緒になったんだ？」

「道に迷っておられたので、お連れしました」

「この宮殿までは一本道だぞ、ルードルフ」

「一本道でも迷うことがあるでしょう」

ルードルフの返答は、投げやりかつ適当だ。

「それにしても、図ったように出会ったな」

「偶然です」

「できすぎな偶然だろう」

「たまたまです」

「……なあ、ルードルフ。ずっと思っていたが、わたしとおまえの間には、世の中の認識に大きな差があるんじゃないかな」

「まったく同感です」

ルードルフは口元だけ笑みを浮かべている。

「小さいころは仲よく遊んだんだがな、ルードルフ」

「そんな記憶はありません」

「いっぱい贈り物をしたぞ」

「ムカデと毒蜘蛛《どくぐも》のことですか？」

「他にもやったぞ」

「毒蛾とサソリのことですね」

「一緒に木にも上ったし」

「突き落とされましたね」

「ふたりでバルコニーの手すりに上ったこともあった」

「突き飛ばされましたね」

「あのころはよかったのに、おまえは変わってしまったよ。八年前の事件のせいかな」

アルブレヒトがエメラルドの瞳を意味ありげに細めた。

「離宮が焼けて、おまえは生き残ったのに、ブリギッタ皇妃やコンラートの弟が死んでしまったあのときから、おまえはいつも誰かの葬儀に出ているような顔をしているよ」

ルードルフが右のこぶしを握りしめた。殴《なぐ》りかかるのではないかと案じ、思わず左手をそっと添える。

ルードルフが毒気を抜かれた顔をする。セシーリアはにっこりと微笑んでやってから、アルブレヒトと向き合う。

「失うことを知ったら、大人になってしまうからですわ、アルブレヒト殿下」

「ほう、セシーリア王女にも同じことが？」

「わたしも母を亡くして悲しい思いをしたことがありますの。ですから、僭越《せんえつ》ですが、ルードルフ殿下のお気持ちが、ほんの少しはわかるつもりです」

「うらやましいな、ルードルフ。王女殿下に気持ちがわかると言っていただけるとは」

アルブレヒトは華やかな笑みを浮かべると、セシーリアに手を差し出した。

「麗《うるわ》しい王女殿下とお会いできて、実に光栄だ。よろしければ、最初の曲はわたしと踊っていただきたい」

それが合図のように、控えていた楽団がワルツの旋律を奏ではじめる。ヴァイオリンにチェロにオーボエ——楽器の音が完璧《かんぺき》に調和した美しい旋律だ。

（ど、どうしよう）

手を取るべきだ、たぶん。しかし、この毒々しい色と一曲付き合うのがつらい。

（……壁の花になりたい）

という心の底からの願いはかなえられるはずもなく、セシーリアは震える左手を差し出そうとして、ルードルフからすかさず摑《つか》まれた。

「兄上、王女殿下をここまでお送りしたのは、俺です。お礼をいただく権利があるでしょう」

「お、お礼？」

という声はひっくり返って、およそ王女殿下の気品が失われてしまった。

が、ルードルフはまったくかまわず、アルブレヒトに背を向け、セシーリアの手を強引に引いて、ホールの中央へと進んでいく。

周囲の貴族たちのどよめきが聞こえて、セシーリアは青ざめた。

（いや————！　さらし者じゃないの————！）

泣きたい、逃げ出したい。

しかし、ルードルフの馬鹿力はわずかな抵抗すら許してくれない。

中央に至るや無理やり正対させられて、半泣きでにらんだ。

「知りませんからね、わたし、人前で踊るの初めてなんですからっ！」

「適当に動け。俺がリードする」

「足の甲を踵《かかと》でぐりぐりして差し上げますっ！」

「踵は無理だろう。つま先でやれ」

「ええ、わかりました。つま先でぐりぐりしますわっ」

レオンが教えてくれたことを思いだし、ポジションにつく。

頭の中で懸命に復習していると、ルードルフが眉を寄せた。

「さっき、言っただろう。今夜は俺から離れるなと」

「……聞きました」

「今日、おまえと踊るのは俺だけだ」

「はい!?」

痛烈な脅しに涙ぐんだ。きっと今日は最悪の一夜だ。

ふたりの様子を窺《うかが》っていた楽団が、ボリュームをあげた。

はなから足の運びに失敗しかけるセシーリアを、ルードルフは余裕で引き戻す。

不機嫌そうな顔をして、それなのに、ステップは完璧だから、セシーリアも意地になった。

王女らしく艶《あで》やかな微笑みを浮かべ、音楽に乗ることに集中する。

白いドレスの裾《すそ》が薔薇《ばら》の花のように広がって、悪夢のごとき一夜は、華々しく開幕した。


シュスイット宮殿はそこかしこに小庭園がある。

宮殿にほど近い、高い木々に囲まれた人気《ひとけ》のない小庭に、セシーリアはファランド伯爵に支えられてやって来た。

「姫様、大丈夫ですか？」

「へ、平気。足が痛いだけで……」

心配そうに眉をきつく寄せるファランド伯爵に、微笑みを向けた。

「帰りましょう、姫様。馬車をすぐ近くに回します。……それにしても、ルードルフ殿下は無茶をなさる。病弱な姫様と何曲も踊られて」

「だ、大丈夫よ、本当に。あそこに座りましょう」

義憤《ぎふん》にかられているようなファランド伯爵をなだめると、セシーリアは篝火《かがりび》に照らされた広い噴水の水盤のふちに座らせてもらった。

「……断りなく帰って、怒られないかしら」

「正式に辞去するとなると、挨拶《あいさつ》が面倒です。姫様はお先にお帰りを。わたしがご挨拶をしておきましょう。体調がすぐれないと言えば、そこまで追求されないはずです」

「そうよね。ありがとう、ファランド伯爵」

ファランド伯爵が一礼し、馬車を呼ぶために去って行く。近くに通用門があるらしいが、どこもかしこも闇に包まれているため、よくわからない。

ひとりになると、セシーリアはドレスの中でこっそりと靴《くつ》を脱いだ。踵の高い靴を履《は》くのが久しぶりなものだから、つま先がじんじんと痛んでいる。

「……ジゼルに知られたら、日頃の手抜きのツケだと叱《しか》られるわよね」

離宮に閉じこもっていた上に、最近は男装なので、踵の高い靴とはご無沙汰《ぶさた》だった。それでダンスを踊ったら、足が痛むに決まっている。

「……それにしても、災難だったわ」

あれから立て続けに四曲踊らされた。ルードルフは宣告どおり、誰にもパートナーを譲《ゆず》らず、セシーリアを独占し続けた。

常識外れな皇子の振る舞いに、最初は戸惑っていた貴族たちも、ついにはセシーリアたちをほったらかし、それぞれの楽しみを見つけたように踊ったり、談笑したりしはじめた。

選帝侯を筆頭に貴族たちと挨拶をする必要があるだろうと構えていたのだが、なし崩しに舞踏会がスタートしてしまったから、そんな儀礼的な時間はお流れになった。

(でも、おかげで、エーリヒと顔を合わせずに済んだわ)

それは幸いだったとしても、ルードルフとは超接近状態で、おまけに全然解放してもらえなかった。

一休みさせてもらったときも、そばから離れないものだから、息苦しくてたまらなかった。

飲み物も勝手に手にとれず、ルードルフが渡したものだけ飲めと命令されたのだ。

セシーリアはファランド伯爵と話があるとルードルフに断り、彼が目を離した隙《すき》に、伯爵に頼んでここまで連れ出してもらったのだった。

ため息をついて空を見上げれば、欠けるところのない真円の月が白銀に輝いている。

心の奥の秘密さえ照らしだすように明るい月がまぶしすぎて、自然と頭が下がった。

(もしかして……見極めようとしていたのかしら)

セシーリアが司書のレオンと同一人物かどうかをだ。

ずっと傍《かたわ》らにいられたら、さすがに見破られてしまったのではないか。

(いくら着飾ったとしても、やっぱりわかっちゃうんじゃないかしら)

セシーリアがレオンだということに、実は勘づかれているのかもしれない。

身体《からだ》をひねり、篝火が照らす水盤に顔を映した。

長い金の髪に頰《ほお》を縁取られた少女が、不安そうにこちらを見ている。

(だ、大丈夫よ。こんなに完璧に化粧《けしょう》して、ドレスを着て、それでわかるはずが――)

すぐそばに人の気配がして、セシーリアはあわてて視線を移す。一歩分の距離を空けて、ルードルフが立っていた。

空気が一気に重たくなる。

「おまえはヴァイスブルクの言葉が理解できないのか」

「……わかります」

彼の威圧感に何度も唾《つば》を飲んで、セシーリアは答えた。

「俺のそばを離れるなと言っただろう」

「……わたし、体調がすぐれませんの。帰らせていただきます」

セシーリアはルードルフを刺激しないように、できるだけ穏やかに告げる。

「そうか。じゃあ、俺が送っていこう」

「ご、ご遠慮《えんりょ》申し上げてよろしいでしょうか⁉」

さすがにもう耐えられなくて、靴を履きなおすと、立ち上がった。

「わ、わたしはひとりで帰り――」

「殺されかけたのを忘れたのか」

ルードルフの声が凍えそうに冷たい。

「そ、それは覚えていますが、でも、けっこうです。ひとりで帰ります！」

もうこれ以上、ルードルフと共にいるという緊張感に耐えられそうもない。

とにかくこの場を離れようと足を動かしかけると、彼に手首を掴まれた。

「俺に従え。いいか、もう一度だけ言う。俺から離れるな」

「……無体な真似《まね》をなさるなら、人を呼びますわ」

セシーリアは勇気をふるって彼の左眼をにらんだ。

一拍の間のあと、ルードルフが忌々《いまいま》しげに舌打ちする。

「……来い、話がある」

力ずくで引きずられて、危うく転びかけた。

もつれる足を懸命に動かしてついていきながら、危機感に青くなる。

ルードルフが進んでいるのは、立ち木と茂みに囲まれた狭い道だ。まるで明かりから遠ざかるように闇の奥へと向かっている。

（もしかして、わたしの正体を暴こうとしてるんじゃ）

かつらを取られでもしたら、どんな言い訳も通用しないだろう。

（そんなことさせるわけには――）

セシーリアはすうと息を吸うと、必死に叫んだ。

「誰か！　助けて！」

前を進んでいたルードルフが、怒りをあらわにして振り返る。

「この馬鹿！　叫ぶな！」

「誰か――」

ルードルフは苛立《いらだ》ったようにセシーリアの口を大きな手でふさいだ。もう片方の手で後頭を押さえられたから、もう声は出せない。

「どうしようもない馬鹿女だな！　いいか、面倒だから、このまま話してやる。おまえを殺そうとしているのは――」

そのとき、茂みから白い仮面の男が飛び出してきた。手には剣を持って、無言で突撃してくる。

ルードルフはセシーリアをいささか乱暴に背後にやった。

踵《かかと》が地面に引っかかり、セシーリアは無様《ぶざま》に尻もちをついてしまう。腰をしたたか打って、痛くてたまらないが、恐ろしすぎて悲鳴すら出てこない。

ルードルフは仮面の男が突き出してきた腕をひねって、剣を落とした。男を茂みに叩きつけると、拾った剣で心臓があるあたりを背から一突きする。

返り血が頰に散る。それを拭いながら、憎々しげにつぶやいた。

「もう舞踏会は終わりだな」

まるでその言葉を合図のように、仮面をつけた男が闇の中から続々とあらわれた。

仮面の男たちは無言でルードルフに襲いかかる。

多勢に無勢かと思ったが、道が狭いせいか、刺客《しかく》は数を頼みに攻められない。

ルードルフはひとりひとり急所を的確に刺して、次々と殺していく。

『黒の魔王』というルードルフの異名を彷彿《ほうふつ》とさせる無慈悲《むじひ》なやり方だ。

立ち込める血の臭《にお》いに怖気《おぞけ》をふるいながらも、セシーリアは懸命に頭を働かせる。

(逃げなくては)

自分がここにいるから、刺客が襲ってくる。

人のいるところに行けば、彼らもあきらめるだろう。

震える足に力を入れて、セシーリアは立ち上がる。軽いめまいにふらついたが、なんとか踏み止まり、背を向けた。

ドレスをからげて走りだそうとしたが、数歩も行かないうちに立ち木の陰から伸びてきた手に肩を摑まれた。

仮面をかぶった大柄な男はセシーリアを難なく捕まえると引き寄せ、右手の短剣を首に押し当てる。

「馬鹿が！」

ルードルフに吐き棄《す》てられても、反論できない失態だった。

セシーリアを拘束《こうそく》した刺客は、最後のひとりを地面に叩きつけたルードルフからじりじりと離れる。

ルードルフがあせったように追いかける姿勢をとった。

一瞬の油断をついて、地面に倒れていた刺客が立ち上がり、ルードルフを背後から刺す。

「殿下!?」

セシーリアが身をよじる間に、ルードルフは自分を刺した男を殴《なぐ》り倒している。

セシーリアを拘束していた男の腕が一瞬緩《ゆる》んだその隙に、相手の足の甲を力いっぱい踵で踏みつける。細い踵の一撃はよほど痛かったのだろう。怒りの息を吐いた男が、短剣を喉《のど》に刺そうとしてくる。

短剣を遠ざけるべく相手の腕を摑んで暴れていると、剣の切っ先が襟元《えりもと》のブローチに当たり、胸元の生地を斜めに裂いていった。ちくりと痛んだから、コルセットの下にまで届いたかもしれないが、かまっていられない。

ひるまず、再び相手の足の甲を踏みつけると、セシーリアは完全に緩んだ刺客の腕から逃れて、ルードルフに走り寄る。

刺客はわずかに迷うそぶりを示したが、結局は駆け去った。

「殿下、大丈夫ですか!?」

立っていられないのか、片膝をついたルードルフの顔を覗《のぞ》いた。

額に大粒の汗を浮かべて、荒い息を吐いている。

セシーリアは背中の傷を見た。黒い礼装なのでよくわからないが、血でびっしょりと濡れている。深手なのは間違いない。

セシーリアは両膝を地面について手袋を脱ぐと、傷に押し当てた。白い手袋はみるみるうちに真っ赤に染まって、すぐに用を足さなくなる。

手袋を捨て、ポケットに入れていたハンカチーフを取り出すと、傷に当てながら半泣きで励《はげ》ました。

「で、殿下、待っていてください。助けを呼んで来ます」

「行くな」

立とうとしたが、荒々しく腕を摑まれて引き戻され、またもや両膝をつく羽目になった。

「な、何を――」

「行ったら、兄上からおまえが犯人にされるぞ」

「ど、どういう――」

「おまえが俺を刺した犯人に仕立てられるぞと言っているんだ」

小声で、けれど力を込めて言われて、セシーリアは呆然《ぼうぜん》とした。

「そんなの、誰も信じるわけがありません。目撃者もいないのに」

あの逃げた刺客は目撃者として名乗りでるはずがないから、存在しないも同じだ。

「いないから、おまえが犯人にされると言っているんだ」

つまり、セシーリアは罪をなすりつけられるぞとルードルフは忠告しているのだ。

そこで、セシーリアはようやく〝黒幕〟に思い至った。

「ま、まさか、刺客はアルブレヒト殿下が放ったのですか？」

「和平の祝賀のために、病弱の身をおして帝国に行った王女が殺されたら、おまえの国の人間はどう思う？」

そう問われて、セシーリアの背が氷を入れられたように冷えていく。

「……帝国との和平に反対する声が出るかもしれません」

国民のすべてから愛されているとうぬぼれているわけではない。

けれど、自国の王女を殺されたら――和平を祝いに行ったのに無残な死体で帰って来たら、ローザンヌの民は帝国の裏切りに憤怒《ふんぬ》するだろう。彼らがセシーリアの仇《かたき》を討《う》ちたいとでも考えたら、戦争への道が再び開かれる。

（アルブレヒトは、むしろそれを望んでいるんだわ）

だから、セシーリアに刺客を放ち、本来なら警備を強化して万全にしておかなければならない場所で、意図的に殺害しようとしたのだ。

「……ご、ご存じだったのですね、アルブレヒト殿下の狙いを」

「兄上がファランド伯爵を呼び出したと聞いたとき、警備の兵を二手に分けさせて、おまえを殺す確実性を高めようとしているんだろうと予測した。大当たりだったな」

ルードルフは生唾《なまつば》を飲むと、唇を歪めて皮肉な笑いを浮かべている。セシーリアは血に濡れてどろどろになったハンカチーフを絞《しぼ》ると、また押し当てた。

「も、もうしゃべらないで。とにかく、い、医者を」

「いいか、おまえはもう帰れ。今すぐにだ」

「で、でも」

「俺のことはここにほうっておけ。いいか、絶対に誰も呼ぶな」

「そんなことできるはずがないでしょう！」

セシーリアの悲鳴に、ルードルフは驚いたようにかすかに左目を見張る。

物言いたげに見つめ――けれど、何かをあきらめたように表情を歪めた。

「とにかく、俺をひとりにしておけ。おまえは帰る――」

そこで力尽きたのか、ルードルフが前のめりに倒れる。セシーリアは支えきれずに一緒に倒れかけた。

彼の身体《からだ》の下から脱し、瞼《まぶた》を閉じたルードルフの頭を膝に載せると、セシーリアは彼の傷をハンカチーフで押さえ続ける。

（い、癒《いや》しの魔法を使えば――）

とはいっても、癒しの魔法は膨大《ぼうだい》な魔力を使用する。今のセシーリアの魔力では、途中で足りなくなる可能性が高い。

（それでも、やってみる価値があるはず）

だが、呪文を唱えようとしたところで、ファランド伯爵の声が響いた。

「姫様！　どこにいらっしゃいますか？」

「伯爵、ここよ！」

叫ぶと、伯爵があらわれた。セシーリアの姿を見て、ぎょっとしている。

ドレスの胸元は裂けている上に血にまみれ、ルードルフ自身は昏倒《こんとう》しているのだから当然だろう。

手短に状況を説明すると、ファランド伯爵は表情を引き締めた。

「姫様、殿下の言うとおりです。逃げましょう。馬車は近くに用意してあります」

「そ、そんなことできるはずないわ！」

医者どころか助けを呼ばずに逃げるなんて、見棄《みす》てるのと同じだ。

「しかし、宮殿に戻って助けを呼ぶわけにはいきません。アルブレヒト殿下に知られたら、利用されるだけですぞ」

セシーリアはルードルフを見つめながら、必死に考える。

ローザンヌに不利益を招くことはできない。だからといって、ルードルフをここに置いていくなんてできない。

（こんな冷たい地面にひとり残すなんて――）

ごくわずかな時間しか共にしていないけれど、ルードルフには助けてもらってばかりだ。

（怖い人だけど）

ちゃんと笑うことだって知っている。

セシーリアは固く瞼を閉じたルードルフの頰《ほお》に触れた。まだ温かい。このぬくもりを失うなんて絶対に嫌だ。

レオンの姿のときに、見せてくれた笑顔を思い出せば、決意は固まったも同然だった。

「……連れて行くわ」

「は!?」

「一緒に連れて行く。とにかくお医者様に診《み》せないと」

「ひ、姫様、それは――」

「見棄ててなんか行けないわよ。そんなことをしたら、わたし、一生自分を罵倒《ばとう》しながら生きていかなくちゃいけないわ!」

セシーリアは魔王にルードルフの殺害を依頼したのだ。その上、ここで放置していったら、彼を二度殺そうとするのと同じだ。

「お願い、手伝って」

ファランド伯爵は迷うそぶりを見せたが、結局は唇を引き結ぶと彼の足側に回った。

足を持ち上げつつせかす。

「姫様は上半身をお願いします。急ぎましょう」

「ありがとう、伯爵」

ルードルフの頭をそっと地面に下ろして両腕を持ち上げる。

非力なセシーリアは、上半身の重みだけでもきつくて音《ね》を上げそうだ。

重いと内心でうめきながら運んでいると、ふと心の奥の忘れられた部屋から一陣の風が吹いて来た。

（前にも、こんなことがあったような……）

重いと悲鳴を上げ、死なないでと祈りながら、誰かを助けようとして――。

「姫様、馬車です」

言われて、背後を振り返った。小さな通用門の向こうに、ファランド伯爵が乗車してきた馬車が止まっている。

御者は三人を見て、一瞬驚愕《きょうがく》の表情を浮かべたが、すぐに職業上の冷静さを取り戻したのか、扉をすばやく開け、手を貸してくれる。

ルードルフを運び入れ、一息つく間もなく、セシーリアはファランド伯爵に命じる。

「伯爵、アルブレヒト殿下の足止めをして」

馬車に乗ろうとしたファランド伯爵は百戦錬磨《れんま》の外交官らしく、セシーリアの一言だけで意図を察してくれた。

「逃げた刺客《しかく》がアルブレヒト殿下と接触したら、厄介《やっかい》ですな」

「追手をかけられたら困るわ。なんとか時間稼《かせ》ぎをしてちょうだい」

刺客が逃げたのは、アルブレヒトに報告するためかもしれない。

アルブレヒトは、あの現場に重傷のはずのルードルフがいないと知った瞬間、ルードルフはセシーリアが連れて逃げたと予測して、追手を出すだろう。シュスイット宮殿から森を抜けるまでは一本道だから、追いつめるのはたやすいと考えて、この機にふたりまとめて殺してしまおうとするはずだ。

（常識のネジが三本はまっているんだから、アルブレヒトも表立っては動かないはずよ。わたしを殺そうとしたと世間に知られたら、さすがに外聞が悪すぎる）

命じるとしても、人目を避けるはずだ。ファランド伯爵がそばにいたら、少しは時間稼ぎができるかもしれない。

（アルブレヒトの側近が動いたら、あまり意味はないけれど）

何もしないよりはましのはずだ。

「邸《やしき》の近くに知り合いの医者が住んでおります。呼び出してください。……姫様、ご無事をお祈りしております」

「伯爵、ありがとう」

悲痛な表情をしたファランド伯爵が扉を閉めると、まもなく馬車が走りだした。車輪の回る速度はあっという間に速くなり、貴人を乗せているとは思えないほどの勢いになる。車輪の振動が直接車内に響くようなスピードは、御者もあせっているからだろう。

セシーリアは馬車の床に横座りし、うつ伏せにしたルードルフの頭を膝に乗せて、窓を振り仰いだ。車内のランプの光程度では、外の様子などわからない。

（誰も追って来ませんように）

最悪なのは、セシーリアとルードルフが一緒に物言わぬ死体になることだ。

そうなったら、ふたりの死は生者によって都合よく利用されるだけになってしまう。

(それだけは阻止しなきゃ)

なんとしても逃げ切らなくてはいけない。唇を噛《か》んで決意を新たにしていると——。

(——この気配……)

なじんだ気配にぎょっとしてルードルフを見下ろした。

空気を震わせる魔法の力。そこには信じがたい光景があった。

鱗粉《りんぷん》にも似た黄金のきらめきが背中の傷のあたりを覆《おお》っている。

「わ、わたしは何も——!」

治癒《ちゆ》の呪文を唱えてもいないどころか、魔力をわずかにすら使っていない。

刺されたあたりの破けた生地を震える指でそっとめくると、黄金の光がすっかり傷を覆っていた。

(魔法が勝手に発動している)

この現象を引き起こしている理由は簡単だ。彼にすでに魔法がかけられているからだ。

(〝祝福〟をかけられているんだわ!)

相手にとって不都合な魔法ならば〝呪い〟になり、好都合な魔法ならば〝祝福〟になる。

致命傷といえるほどの傷を癒《いや》す魔法。ならば、祝福に他ならない。

腰を抜かして見守っていると、光がほどけるように消え、瞼をゆるやかに開いたルードルフがセシーリアの膝からやおら起き上った。

気だるそうに首を左右にひねる姿は、ついさっきまで死にかけていたとは思えないほど壮健だ。瀕死《ひんし》の痕跡は、血に濡れた彼とセシーリアの服に残っているだけだった。

目と目が合って、セシーリアは本能的な怯《おび》えを感じ、肩をすくませる。

ルードルフの黒い瞳には本物の怒りがあった。それをあらわすように、舌打ちして荒々しく吐き棄てる。

「……おまえは本当に俺に従わないな」

「ふ、ふつう、けが人をほったらかしにはしないと思います」

セシーリアは冷静さを取り戻すように、何度も唾を飲んだ。

(俺をほうっておけと言ったのは、この光景を見られなくなかったからなんだわ)

致命傷ともいえる傷が癒《い》え、まるで何もなかったかのように回復する姿を見たら、常人ならば仰天《ぎょうてん》するだろう。

だが、セシーリアは魔女だから、この現象も受け入れることができる。

(それにしても、信じられないわ)

ルードルフにかけられた魔法は、おそらく不死の祝福だ。運命をねじ曲げる究極の魔法のひとつ。相当な魔力の持ち主しか操ることはできない。

ルードルフは全身を切り刻まれたとしても、心臓を刺されたとしても、死なないだろう。

不死の祝福がすべてを癒すはずだ。

「……今見たことは忘れろ」

「む、無理ですわ。わたしの頭はそんなに都合よくできていませんわ」

セシーリアはかろうじて微笑《ほほえ》みを浮かべる。

「殿下の御身には、もしかして魔法がかけられていますの?」

ルードルフが左目を細めた。獲物を狙う寸前の肉食獣のように剣呑《けんのん》な光が浮かんでいる。

「おまえに答えてやる義理はない」

「すてきな魔法ですのね。致命傷すら治ってしまうなんて」

無邪気を装って告げると、ルードルフが地を這《か》うように低い声を出した。

「もう一度だけ言う。忘れろ」

「忘れません」

きっぱり言って、微笑んでやる。

馬車の中に沈黙が落ちた。今まさに轍《わだち》をつくっている車輪の音が、雷鳴に似た轟音を立てる。

「忘れません、だと?」

「もしも、再び、殿下がローザンヌの土地を侵すようなことがあれば、今見たことを公表しますわ」

セシーリアは腹に力を入れて、彼をまっすぐ見据えた。

ルードルフには助けてもらってばかりだ。セシーリアを刺客から守り、ローザンヌと和睦《わぼく》をしてくれた。深く感謝している。

(だけど、これは〝切り札〟になるはず)

傷を負ったあと、自分をほうっておけと何度も命じたのは、不死の事実を他者に知られたくないと思っているからだ。

死なない人間など、この世にいるはずがない——それは世の常識だ。

だが、ルードルフはその常識の範疇《はんちゅう》からはずれている。

魔法や魔女を忌《い》み嫌う大陸で、不死者である彼はほとんど化け物同然の存在なのだ。

(わたしが見たことは、ローザンヌを守るための〝切り札〟になる)

セシーリアはルードルフをきつくにらんだ。

もう二度とヴァイスブルクにローザンヌを蹂躙《じゅうりん》させたりしない。

「……俺を脅すつもりか?」

「脅すだなんて、そんな……。わたしはローザンヌの王女ですもの。ローザンヌを守るために、使えるものは使おうとしているだけ——!」

次の瞬間、セシーリアはルードルフに喉《のど》を掴《つか》まれ、座席に強引に引き上げられた。

やわらかいクッションの上に押し倒されて、体重をかけるようにのしかかられる。

いきなりの体勢の変化に面食らっているうちに、膝でももを押さえつけられたら、ろくに身動きがとれなくなった。

どう考えても情事の恰好《かっこう》だが、ふたりの間には甘い雰囲気《ふんいき》など微塵《みじん》も存在しない。

ルードルフは喉を左手だけでぎりぎりと絞《し》めあげる。

クッションに頭が沈むほど押しつけられて、苦しさに両手でルードルフの左手をはがそうと

するが、びくともしない。

「おい、知ってるか？　おまえみたいな女は、小賢《こざか》しいというんだ」

ルードルフは左目に勝者の余裕をみなぎらせ、唇の片方だけを引き上げてせせら笑っている。

「俺の弱みを握ったと浮かれているんだろうが、おまえを黙らせる方法はいくらでもあるぞ」

ルードルフは喉を押しつぶすように力を入れる。頸動脈《けいどうみゃく》が苦しげに脈打って、セシーリアは彼の手を両手で引きはがそうとしたが、指の位置をずらすことすらできない。

身をよじって少しでも空気を得ようとしながら、苦悶《くもん》のうめきをあげた。

「く、くるし……」

「細い喉だな、お姫様。左手だけで握りつぶせる——」

死なない程度に気道を狭めていた手から、わずかに力が抜ける。

「……おまえ、けがをしているのか？」

訝《いぶか》しげに問われても、セシーリアは一瞬、何のことかわからなかった。

だが、彼が右手で胸元の破けかけた生地を引きはがそうとしたとたん、一気に血の気が引く。

「や、やめて……！」

彼の右手を押さえつけようとするが、なんの枷《かせ》にもならなかった。

ルードルフの右手はセシーリアのコルセットの破れ目を押し広げる。

今まで感じたことのない恐怖に襲われて、セシーリアは闇雲《やみくも》に腕を振り回した。

「放して！」

勢い余った腕が眼帯をずらす。黒髪の隙間《すきま》から覗《のぞ》いたのが醜《みにく》い傷痕ではなく、ルビーのように真紅の瞳だから、息を呑《の》むほどに驚いた。

（右と左の眼の色が違う……！）

だが、焔《ほのお》を思わせる右眼の色に見入ってはいられなかった。

「魔女……」

ルードルフのつぶやきに、天が落ちて来たような衝撃を受けた。

彼の左手からは完全に力が抜けていて、セシーリアは今さらながら胸元の生地をかきあわせる。

「おまえ、魔女なのか？」

ルードルフの問いに耳の奥でごうごうと嵐のような音が響いた。

（見られた、薔薇《ばら》を）

墓まで持っていかなければならない秘密だった。

ローザンヌの王女が忌《い》まわしい魔女だという事実は、絶対に暴かれてはならなかったのに。

（どうしよう、どうすれば）

夢の中で聞いた声が脳裏《のうり》に甦《よみがえ》る。

『おまえは魔女だ』

そう言いながら、セシーリアに死を迫る男たちの声だ。

足の裏があぶられたように熱くなる。幻の火がセシーリアの身を焼こうとしていた。

ほんの一筋、こぼれた涙に、ルードルフが目を見張る。

激情が失せたのか彼がセシーリアの上から退いたから、あわてて起き上がると背後にずりさがった。背中に馬車の壁が当たる。それを支えにして、ルードルフと向き合った。

「……ローザンヌの王女は魔女だったんだな」

ルードルフの声には、その事実を武器として使おうという意思がにじんでいる。

胸を押さえて、セシーリアは呼吸を繰り返した。

(落ち着いて。冷静にならなければ)

恐怖や絶望という感情に引きずられたら、思考が停止する。

(魔女と知られた。でも、わたしはルードルフが不死だと知っている)

それにあの右眼。あれは魔眼だ。

(眼帯で隠しているのは、知られたくないからだわ)

ローザンヌとの戦争の最中に右目を射貫《いぬ》かれたと言っていた。

眼球の色が変化したとしたら、そのときだ。

(『赤の魔王』は確かにルードルフを殺そうとしたんだわ)

射手になり、魔力の込められた必中の魔弾で彼の右眼を撃ったのだろう。ルードルフは、本来ならば、そこで死ぬはずだった。

しかし、不死の祝福をかけられた彼は、魔王でさえ殺せなかったのだ。ただし、魔王の魔力を浴びたから、右眼は変化してしまった。

血に浸したようなあの色は魔に属する証《あかし》だ。

ルードルフがそれを知っているか否《いな》かは定かではないが。

(大丈夫、条件は五分五分。わたしはまだ戦える)

胸が上下するほど大きな呼吸をしてから、セシーリアは唇に艶やかな微笑みを浮かべた。

ルードルフが気を呑まれたような顔をする。

「そうですわ、ルードルフ殿下。わたしは魔女。不死の魔王は、魔女がお嫌いですか？」

ルードルフがたちどころに憤怒《ふんぬ》の形相《ぎょうそう》になった。一番痛いところを突いてやってから、セシーリアは深窓の王女らしく無邪気な笑顔を装う。

「そんな怖い顔をなさらないでくださいな。わたしは殿下の敵ではありません」

「信じられるか。魔女はいつも災《わざわ》いを呼ぶ」

「まあ、ひどい。魔女が災いを招くのは、自分と自分の大切なものを守るためですわ。殿下が何もなさらなければ、わたしは殿下に害を加えません」

「俺がおまえに手を出したら、どうなるんだ？」

ルードルフが凄《すご》みのある笑みを浮かべた。戦場で敵の血を浴びるようにして生きてきた男の視線は、見られただけで死を覚悟するほど凶暴だ。

(この目に屈服してはならない)

小首を傾《かし》げて浮かべた可憐《かれん》な微笑を盾にする。

「そのときは……そうですわね。わたしが先ほど見た光景を、アルブレヒト殿下にもお見せしようかしら」

軽やかに告げると、彼の両目に新たな怒りが灯る。

左の黒い眼は光を吸い尽くしそうに暗く、右の紅い眼はすべてを焼き尽くす炎のように明るい。

「……ローザンヌの王女は、よほど死にたいらしいな」

「わたし、不思議な魔法を使えるんですのよ、殿下。記憶を鏡に映し出すことができますの。もしも、殿下がわたしに危害を加えるおつもりなら、あなたの傷がたちまち癒《い》える光景をアルブレヒト殿下の鏡に転送して差し上げますわ」

できもしないことを口にしながら、セシーリアは挑発するように彼を見た。

（お願いだから、信じて）

アルブレヒトはルードルフにとってほとんど敵に等しいはずだ。そんな相手に、もっとも隠さなければならない秘密を知られたくはないだろう。

「……そんな都合のいい魔法が存在するはずがない」

「なんだったら、今、試して差し上げましょうか」

いたずら好きな猫のように金の瞳を輝かせてみせる。

魔力を持たない男には、この世にどんな魔法が存在するのか、どれほど魔力を有していたら使えるのか、まったくわからないはずだ。

女は度胸とはったり。ここまで来たら、嘘を貫きとおすしかない。

ルードルフが真実か否か探るように、色の異なる目でセシーリアを観察している。

(天秤《てんびん》にかけているはず)

セシーリアの言うことを信じるべきかどうか。

秘密を知った人間を生かしておくべきかどうか。

それはセシーリアも同じだが、圧倒的な腕力の差は埋めようもない。相討《あいう》ちに持ち込むのが精一杯だ。

「……おまえの望みはなんだ」

低く問われて、彼が陥落したと知る。

内心で泣きたくなるほど胸を撫《な》で下ろしながら、余裕の笑みは崩さずに宣告した。

「永遠の沈黙を。あなたがわたしの秘密を黙っていてくださるなら、わたしもあなたの秘密を守りますわ」

「それはお願いか？」

「いいえ、取引です」

あくまで対等だと匂《にお》わせると、ルードルフが忌々《いまいま》しげに舌打ちした。

「お姫様は自分の立場がわかっていないようだな」

「殿下こそ、ご自分の立場がわかっていらっしゃらないんじゃありませんか？」

白刃を切り結ぶように見つめ合った。

幻影の刃が火花を散らしてぎりぎりとこすれあう。

鍔迫《つばぜ》り合《あ》いから先に逃れたのは、ルードルフだ。

ずれた眼帯を元に戻すと、大きなため息をついて背もたれに身を預ける。

「……そんな女だとは思わなかった」

「はい？」

セシーリアに答えることなく、足を組むと、軽くうつむいて左目を閉じる。

考えごとをしているのか、眠ろうとしているのか、セシーリアにはわからない。

ただひとつはっきりしているのは、セシーリアが逃げ切ったという事実だ。

どっと疲れが押し寄せて、老婆《ろうば》のように背を曲げると、両の瞼《まぶた》を閉じる。

（大丈夫。夜は明ける）

森を駆ける馬車の中からでは、月が天のどこにあるのか見えない。

しかし、今日の満月が地平線に沈み、明日の太陽がセシーリアの頭上に昇ることは確実だ。

（でも、すべてが元には戻らない）

ルードルフに魔女だと知られた現実は消えたりしない。

セシーリアの心に生じた不安の闇は、もう二度と晴れないだろう。

静まり返った車内に、車輪の音がうるさく響く。

ふたりを乗せた馬車は、夜から逃れるように、森の中を一目散に駆け抜けた。

六章　魔女と魔王

舞踏会の翌々朝。

セシーリアは寮の部屋の壁に吊るした鏡の前でクラバットを結んでいた。

はしたないほど大きなあくびをひとつしてから、息をひとつ吐く。

「眠い……」

空がようやく白みはじめたかという明け方に、〝セシーリア王女〟はローザンヌに向けて出《しゅっ》立《たつ》した――というのはもちろん建前《たてまえ》で、馬車に乗り、護衛に守られて帰還したのはジゼルである。

セシーリアは庶民《しょみん》に扮装し、エマと共にふたりでローザンヌを目指すとファランド伯爵に告げ、ジゼルが出発したあと、こっそりと伯爵邸を出た。むろん、ローザンヌに帰るどころか、ここに戻って来たわけだが。

アルブレヒトに刺客《しかく》を差し向けられるかもしれないから、二手に分かれてローザンヌに帰るという説明を、ファランド伯爵が反対しつつもなんとか納得してくれたのは幸いだった。

（エマとふたりだけじゃ危ないと心配されたけど、押し切れてよかったわ）

ジゼルが連れて来た護衛兵たちの中に、命を失った者は幸運にもいなかった。重傷者はファランド伯爵が懇意《こんい》にしている医者が治療に取りかかってくれているから、治り次第、ローザンヌに帰国する手はずになっている。軽傷の者はジゼルと一緒に帰っていった。

(おそらくだけど、アルブレヒトはもう刺客を放たないわ)

アルブレヒトは和平式典の間に、〝華々しく〟セシーリアを殺したかったのだ。

戦争の狼煙《のろし》にするためには、派手に死んでもらわないといけないと考えていたなら、帰国途中のセシーリアを襲うのは地味で意味がないと判断するのではないか。

(……ルードルフは昨日のパレードにはいなかったと伯爵は言っていたけど)

体調不良を理由に、セシーリアは昨日の式典をすべてキャンセルし、ファランド伯爵にまかせたのだ。

『弟は体調を崩していてね。邸《やしき》にこもっているんだよ』

とアルブレヒトは涼しい顔で言っていたらしいが、まさかその弟がピンピンしているとは気づいていない――はずだ。

(しばらくは外に出ないはずよね。〝重傷〟なんだし)

少し跳ねた毛先をねじってまっすぐにしながら、鏡をにらんだ。

(その間に『運命《さだめ》の円環《えんかん》』が見つかるといいんだけど)

ルードルフが復帰する前に本が見つかり、図書館を去る。

それこそ最善の道なのだがと思案していると、扉があわただしくノックされる。

「は、はい？」

いったい誰だろうと思いながら、おそるおそる扉を開けると、少し前に別れたエマが立っていた。

青ざめた彼女を部屋に招き入れ、用心のために鍵《かぎ》をかけると、エマがセシーリアの腕を摑《つか》んで訴える。

「兄さんが帰って来てないんです」

「マテウスが？」

「兄さんの同僚が、扉の下からこのメモを入れていたんです」

そこには、昨日の日時とルードルフに呼び出されたと書かれている。

嫌な予感に眠気が吹っ飛び、血の気がざっと引いていく。

「兄さん、休みだけど仕事に出ていたみたいで、そのときにルードルフ殿下に呼び出されたそうです」

「……一昨日のやりとりで、やっぱりわたしとレオンが同一人物だってバレたんじゃ――」

セシーリアが蒼白になると、エマが沈痛な表情になった。

「……もしかしたら、事情を訊かれているのかもしれません」

ふたりの間に沈黙が落ちた。おそらく頭の中には同じ想像が浮かんでいる。

（……レオンを連れて来たのはマテウスだもの。監禁《かんきん》されて、わたしの正体を吐けと迫られているんじゃないかしら）

セシーリア王女は公式には帰国すると発表されたが、ルードルフが疑いを抱いて調査をはじめたという可能性は否定できない。

「……どこかでお酒飲んでるとか、想像できないしね」

「兄さん、夜遊びはしたことがありません」

「だよね」

真面目《まじめ》なマテウスが一晩遊び呆《ほう》けているとは考えられないから、ルードルフに呼ばれたあとで異変が起きたのだとは、容易に推測できる。

「ど、どうしよう。もう図書館には行けない——」

「おーい、レオン。いねぇのかー？」

聞き覚えのある声とがんがんと無遠慮《ぶえんりょ》にノックする音が響いて、セシーリアは跳び上がりそうになった。

「嘘!?　コンラート!?」

「……姫様、いつも迎えに来てもらってるんですか？」

「そんなことあるわけないでしょ！　ルードルフ殿下の腹心よ。なんでここに——」

「おーい！　開けるぞ？」

がちゃがちゃとノブをいじっている音に、人生でも最高レベルの警戒音が心で鳴り響く。

「まずい、きっとわたしを拘束《こうそく》しに来たのよ！」

「姫様は隠れてください」

耳元でささやかれて、セシーリアは部屋の隅のベッドの下に潜った。上掛けを垂らして、外からは見えないようにしたところで、エマが扉を開く音がした。

「どちらさまでしょう？」

「あっれー？　どっかで見た顔だな」

「マテウスの妹か？」

　コンラートの声に続いたのは、エーリヒの冷たい問いかけだ。

（よりによって、ふたりそろって！）

　単純なコンラートはともかく、エーリヒは厄介《やっかい》そうだ。

　頭を抱えていると、エマが落ち着いた声で答える。

「はい。そうです」

「なあ、レオンいねぇか？　俺ら、レオンがいたら連れて来いって、ルードルフ殿下に言われたんだけどよ」

「レオンだったら、さっき出ましたよ」

　エマの声は穏やかで、いかにも真実味があった。

「君はなぜここにいる？　レオンとはどういう関係だ？」

　エーリヒの矢継《やつ》ぎ早《ばや》の質問にも、エマはまったく動揺を見せない。

「レオンはエンデ村でお隣さんでしたから、弟みたいなものなんです。一緒に食事をすることもしょっちゅうで……そうそう、ここにはよく掃除に来るんですよ。あの子ったら、家事が苦手だから」

近所のやさしいお姉さんらしい発言には、うなずかされるような説得力がある。

不意に落ちた沈黙には、コンラートとエーリヒの迷いが感じられた。

ここでのんびりしていたら、レオンを逃すかもしれないという迷いだ。それを汲《く》んだ絶妙な間合いで、エマが告げる。

「立ち話もなんですから、中にどうぞ。お茶しかありませんけれど」

セシーリアは息が止まりそうになった。

だが、同時にエマの狙いを悟る。

エマは賭《か》けに出たのだ。もしも、レオンが中にいるなら、あっさり入れとは言わないはずだとふたりに思わせたいに違いない。

一拍の間のあと、エーリヒが相も変わらず冷然と言い放った。

「いや、いい。邪魔をした」

「……あの、ルードルフ殿下は、なぜレオンを探していらっしゃるんですか？」

エマの質問に答えたのは、コンラートだった。

「俺らも知らねぇんだよな。とにかく連れて来いって言われただけで」

「そうなんですね。もしもレオンと会ったら、ルードルフ殿下を訪ねるよう伝えておきます」

親切そうなエマの一言のあとに、扉が静かに閉まった。

セシーリアが無意識に握っていたこぶしから力を抜いていると、穏やかな足音が近づいてきて、エマがそっと上掛けを持ち上げる。

「姫様、大丈夫ですよ」

「エマ、ありがとう」

ベッドの下から四《よ》つん這《ば》いで出て立ち上がると、エマの両手を握った。

「すごいわ、エマ。よくエーリヒを騙《だま》せたわね」

「眼鏡《めがね》のかたですか？　あのかただったら、ごまかすのはさほど難しくないと思いましたよ。わたしを軽んじているとすぐにわかりましたから」

エマが静かに微笑《ほほえ》んだ。

「嘘をつきとおす度胸はなさそうだ——わたしのことを初見でそう判断したはずです」

「……エマはやさしい顔をしているしね。生まれながらに貴族のエーリヒから見たら、他人を騙すようには見えなかったんでしょうね」

選帝侯家の次期当主を約束されたエーリヒは、プライドが高く、誰も彼も見下している。エマはその性格を利用したのだ。

「一難去ったけど、どうしたらいいの。たぶん、もう図書館には行けないわ」

腹心のふたりに連れて来いと命じたからには、ルードルフがレオンの正体を疑っているのは明白だ。ここでのこのこ図書館に行ったら、捕まえてくださいと言っているのと同じだ。

「わたし、まだ何も見つけていないのに！」

「……いいえ、姫様。姫様は見つけたじゃありませんか」

「エマ？」

「あの図書館にはおかしな封印がはられています。もしかして、封印されているのは、『運命の円環』ではありませんか？」

どくんと心臓が大きく鳴った。

『運命の円環』は究極の魔法書だ。封印の下で眠らされていたとしても、不思議ではない。

「で、でも、もしも『運命の円環』じゃなかったら——」

何か手の負えないものだったらと思うと、ためらいを棄《す》てきれない。

「姫様。わたしも一緒に行きます。姫様をお助けしますから」

両手を握って励まされ、セシーリアは唇を噛《か》む。

（何もせず帰れない）

ここで帰ったら、もう二度とあの図書館には入れないかもしれない。

もしも、封印の下にあるのが『運命の円環』だとしたら、なんとしても手に入れるべきだ。

「姫様、夜になったら忍び込みましょう。わたしもお付き合いします」

「……そうね、そうよね。やってみるべきだわ」

ルードルフがレオンの拘束《こうそく》にコンラートとエーリヒを派遣したのは、ふたりがレオンの顔を知っているのもあるだろうが、事を荒立てたくないためだろう。

（レオンがセシーリア王女かもしれないとも言ってないみたいだし）

ということは、まだ確信が持てないか、穏便に済ませたいと考えているかどちらかだ。

(だったら、その考えを利用させてもらうわ)

レオンを捜索するにしても、派手にはしないはずだ。

人員を大量に投入して調査をしようとすれば、どうしても人目につくし、理由を問われる。

内密にやろうと考えているなら、限度が生じる。そこに付け入る隙《すき》があるはずだ。

「エマ、どこか隠れる場所がある？　夜まで時間をつぶせそうなところ」

アイトの居住歴はエマのほうが長い。彼女の知恵を借りなければ。

「ええ、姫様。知っています。一緒に隠れましょう」

エマは一番の味方だと伝えるように、セシーリアを握る手に力を込めた。

決意を込めてうなずくセシーリアに、エマはとろけるような笑顔を向けてくれる。

セシーリアは彼女の手を離すと、クローゼットに入れていた制服のコートを取り出した。

これを着るのは今日が最後になるだろう。覚悟を決めて袖《そで》を通すと、挑むように虚空をにらんだ。


その日の夜遅く、セシーリアは帝国図書館の近く――通りを一本隔《へだ》てた区画に建つ役所の塀《へい》の陰にいた。就業時間を過ぎたから、まったく人気《ひとけ》がなく、隠れるのには好都合だ。

しゃがんで手をこすり合わせていると、エマが戻って来て、すばやく隣にしゃがんだ。

「姫様」

「エマ、無事でよかった」

エマはセシーリアと同じようなシャツとコート、脚衣《ズボン》の男装姿だ。思わずマテウスと呼びかけたくなるほど双子の兄とそっくりだった。

「図書館の周りはやっぱり警備の人たちがいますね。十人くらいでしょうか」

「十人か……」

セシーリアは眉《まゆ》を寄せて考え込む。もっと多いのではないかと危惧《きぐ》していたが、それほどでもないようだ。

「通常の警備よりは多いみたい。だから、ルードルフ殿下はわたしが図書館に来る可能性を考えているんだと思う」

「でも、だとしたら、もっとたくさん警備を配置しそうなものですよね」

エマの疑問にセシーリアは人差し指を顎に当てて答えた。

「あんまり多すぎると、周囲の人に怪しまれちゃうでしょ。おそらく、ルードルフ殿下はレオンの件を表沙汰《おもてざた》にするつもりはないんでしょうね」

希望的観測かもしれないが、考えを整理するように口に出した。

「たぶん、セシーリアとレオンが同一人物かどうか確かめて、同じだったら強制送還しようくらいに考えているんじゃないかしら」

と言ってから、やはり甘い憶測かもしれないと首を左右に緩《ゆる》く振る。

「……だったらいいなっていうまさに希望よね」

下手《へた》をすると、ローザンヌへ何かしら要求するつもりかもしれない。

（昨日はあんな約束をしたけれど、本当に守ってくれるのかしら。胸の薔薇《ばら》を見れば、わたしが魔女だとわかってしまう。でも、ルードルフが不死だとは、見た目からはわからない）

彼がしらを切り通そうとすれば、できなくはないのだ。

（開き直られたら、わたしが不利）

悔《くや》しさに表情が歪む。

「姫様、やめますか？」

エマが不安そうに問う。

「まさか。やるわよ。やるしかないんだから」

何もせずに帰国して、あのとき勇気を出していればよかったと後悔するのだけはごめんんだ。

「まずは警備の人間をなんとかしなきゃ」

とはいっても、どうしたらいいのか。

「姫様、暗示の魔法が使えるのでは？」

「それは考えているんだけど、多すぎるし、確実性に欠ける……」

「わかりました。とりあえず、あの警備の人たちをなんとかしたらいいんですよね」

歯切れの悪いセシーリアの発言を聞いて、エマが奮起したように顔を引き締めた。

「姫様、わたしにまかせてくれますか？」

「エマ？」

「わたしが手を打ちます」

きっぱりと言うと、エマは立ち上がった。

「姫様はここにいてください」

小走りで外に出て行く彼女を見ながら申し訳なくなり、頭を垂れてしまう。

(わたし、エマを巻き添えにしている)

エマにすっかり甘えている。

(でも、エマがいてくれなかったら、図書館に忍び込もうという決心がつかなかったかもしれない)

やはりひとりだと不安が大きい。封印を解いたあと、自分が立っていられるかさえ確信が持てないのだ。

今日、決断を後押ししてくれたのはエマだ。

(エマのためにも、絶対に成功させてみせる)

闇をにらんで決意を固めていると、何かが焦げるような臭《にお》いがした。

「何……？」

立ち上がろうとしたところで、複数の足音が近づいて来るのが聞こえた。

ぎょっとして硬直する。

(まさかバレた!?)

闇の中で青ざめていると、足音が通り過ぎていく。

「火事だ！」

「早く消さないと……！」

あせったような声音《こわね》に、セシーリアは首を小さく傾《かし》げる。

「火事？」

焦げるような臭いがきつくなって、セシーリアは思わず鼻の頭に皺《しわ》を寄せる。

小さな足音がして、エマが闇から飛び出して来た。安堵《あんど》の思いで胸をなで下ろす。

「エマ！」

「姫様、今のうちに図書館に行きましょう」

「で、でも、警備の人間が――」

「教会に火をつけました。みんな、そちらに行っています」

「エマ、教会を燃やしたの？」

大胆《だいたん》すぎる行動に目を見開いた。図書館の近くには木造の古い教会があって、お昼の鐘は館内にいても聞こえるほどだったが、まさかそれに火をつけるとは思わなかった。

「はい。燃えやすそうなところがそこしかなかったので」

普段の彼女からは想像もしないような行動力に啞然《あぜん》としていると、エマから手を引かれた。

「行きましょう、姫様。ぐずぐずしていたら、警備の人間が戻って来ますよ」

「え、ええ」

せっかくのチャンスをつぶすわけにはいかないと、エマと走り出す。

彼女の言うとおり、図書館へと続く道はところどころガス燈がともるだけで、人気《ひとけ》が絶えている。それを幸いと図書館の敷地に入り、駆け抜けた。

最後の難関は、入り口近くに立っている警備兵ひとりだ。彼が鍵《かぎ》を持っているのは、この間、ルードルフと食事に行ったときに確認している。

立木の陰に隠れて、様子を窺《うかが》う。

「どうします？」

エマの問いに、セシーリアは彼をにらんだ。

「暗示の魔法をかけてみるわ」

暗示の魔法は、相手の精神力に成功を左右される不確実性の高い魔法だ。意志の強い人間だと、まったくかからないこともある。

（ルードルフやアルブレヒトみたいに自我が強い人間だと、ほぼ効果がないのよね。わたしの魔力がもっと高かったら、力ずくで屈服させることができるかもしれないけど……）

あの警備兵が暗示のかかりやすい相手であることを願うしかない。

茂みに隠れながら、玄関ポーチへと近づいていく。警備兵がセシーリアが隠れている側から反対へと顔を向けた瞬間、茂みから飛び出した。

驚いたようにこちらを見る男の目を見返して、呪文を唱える。

『従え！』

ぴしりと空気中を亀裂が走った。

縛られたように静止した男の瞳を食い破るように見つめて、呪文を続ける。

『汝《なんじ》の魂は我が手足。鍵《かぎ》を開けなさい！』

一拍の間のあと、男はくるりと背を向けて、扉の鍵穴に鍵を突っ込んだ。がちゃがちゃと鍵を回す音に、泣きたくなるほど安堵する。

「……姫様、さすがです」

茂みから出てきたエマの賛辞に、セシーリアは首を左右に振った。

「まだ安心できない」

鍵を開けた男が振り返り、焦点の合わない目をセシーリアに向けた。

『鍵は開けたままで。今のことは忘れなさい。服従は汝の幸福、人形のごとく我に従え』

がくりとうなずいた男を見て、背後のエマに微笑《ほほえ》んだ。

「これで大丈夫。急ぎましょう」

玄関ホールに入ると、見回りのためなのか、常夜灯がところどころを照らしていた。閲覧室《えつらんしつ》に入ると、常夜灯の弱い光では追い払えない闇がわだかまる中を、奥まで駆け抜ける。

壁には封印の文様がきらめいていた。黄金のきらめきに目を細める。

「エマ、見える？」

隣に立ったエマは落胆《らくたん》したように首を横に振った。

「何も見えません」

「そう……」

やはり自分ひとりで解くしかなさそうだ。

一度目を閉じ、自分の中に残った魔力を高める。

(前は勝手にあふれだしていたのに、今は少ない魔力を計算しながら使うしかない)

自分の身体《からだ》に鞭打《むちう》つようにして、封印を逆に読んでほどいていく。答えから遡《さかのぼ》り、数式を消していくような作業だ。

壁の封印がセシーリアの魔力で消されていく。黄金の紋様が少しずつ薄くなり、やがては壁からすっかり消失してしまった。

それだけで、膝をつきたくなるような徒労に襲われる。やはり、今のセシーリアにとってはかなりの負担だった。

「姫様、大丈夫ですか？」

「え、ええ」

大きく息をついた。

「まだひとつめ。あと四つ解かなきゃ」

図書館中に封印は散っている。すべての封印を結べば星の形になるというオーソドックスな封印だ。

「急ぎましょう、姫様」

エマに手を引かれるようにして、セシーリアは図書館内の封印を消していった。

閲覧室の二階部分にふたつ、作業部屋近くの倉庫にひとつ、そこまで解いたところで、めまいがして目の前が暗くなった。

壁に手をついて息を吐き出すと、隣にいるエマがセシーリアの肩を支える。

「姫様、大丈夫ですか？」

「……大丈夫。ちょっとめまいがして……」

全身が泥を詰められたように重くて、何日も徹夜したみたいだった。瞼《まぶた》を閉じると、そのまま意識を失ってしまいそうだ。

少ない魔力を酷使《こくし》しているせいで、身体にかかる負担が大きい。

（魔王に魔力を与えなければ、よかったのかしら）

しかし、『赤の魔王』に力を与えるまで、セシーリアはありあまる魔力を制御できず、魔力によって引き起こされる発作《ほっさ》を恐れて、ろくに外に出られないほどだった。離宮に閉じこもり、発作が起きないように祈りながら、毎日をただ生きていた。

（王女なのに、誰の役にも立てない）

ずっとそれが苦痛だった。

社交界に出て笑顔を振りまくことも、誰かの手を握って励《はげ》ますことも、政略結婚すらできない。

レオンもジゼルもやさしくて、気にするなと言ってくれたけれど、セシーリアはそんな自分が嫌いだった。

ヴァイスブルクとの戦争がはじまり、レオンが前線に行くと言ったとき、セシーリアは魔王の花嫁になることを覚悟した。レオンは絶対に守らなければいけないと思ったからだ。

（それなのに、レオンを助けるどころか、苦しめる羽目になるなんて）

セシーリアを『赤の魔王』に渡さないために、レオンは自らの肉体を与えると約束して、日々若返っていく。自分の選択が、結果としてレオンに誤った道を選ばせたのだ。

もしも、レオンを失ったら、自分はどうなってしまうだろう。

「姫様、封印はあとひとつです」

エマにささやかれて、うなずいた。

壁から手を離して、足の裏に力を入れる。無理やり背を伸ばして、ともすれば落ちそうな瞼を見開いた。

（レオンはわたしが助ける）

悪夢のような呪いは、必ず解いてみせる。

「エマ、行きましょう。最後の封印は地下書庫にある」

どこまでも続く書架の奥に、黄金に輝く封印がある。手を引いてくれるエマに閲覧室のカウンターから続く地下書庫への道を案内した。

地下はいっそう暗く、わずかな常夜灯がともるのみだ。闇と影ばかりが濃くて、黙って立っていたら、そちらに引きずられてしまいそうだった。

「あれよ」

最奥の壁に描かれた封印は、地の底で輝く月のように場違いな光を放っている。金のきらめきは、気高く神秘的で美しい。

（こんなに光り輝いているのに）

男の目には見えないのだ。

セシーリアが知る限り、ただひとり例外がいるけれど。

（ルードルフの右眼には映るはずだわ）

魔王の魔力を浴びて、色が変わったあの右眼はこの世を見る視力は失っているけれど、魔の世界に属するものは見えるはずなのだ。

（本人はきっと知らない）

色が変わった真相を知らず、右目をずっと隠しているのだから、わからないはずだ。

（いつかちゃんと謝ろう）

彼の右眼を奪ったことと、そもそもの原因を。

きっと赦《ゆる》してはくれないだろうが、それでも謝りたい。

（でも、今はこちらに集中しなきゃ）

足の裏に力を入れて、身体の奥から魔力を絞《しぼ》りだし、黄金の封印をほどいていく。

結び目を解くように、あるいはこぼれた水を壺《つぼ》に戻すように、封印の紋様を魔力で打ち消していく。

紋様をすべて消してしまうが、地下書庫はしんと静まりかえるばかりで、何の変化も起こらない――。

エマが不安げに問う。

「姫様、何も起きません」

「……エマ、わからない？」

心臓がさっきから鼓動を速めている。

地の底から響く微細な揺れを感じると、冷たい汗が背をくだった。

「エマ、ここを出ましょう」

「嫌です」

「エマ!?」

「だって、わたしはこのときを待っていたんですもの」

足下から突如として真っ白い光が噴き出した。

部屋全体を白く染め抜く強力な光だ。

閃光《せんこう》のまぶしさに目を開けていられない。

瞼を閉じた瞬間、頭の後ろに重い一撃を受けた。意識が遠くなる瞬間、エマのささやきが聞こえた。ごめんなさい、と言う声の意味がわかる前に、セシーリアは気を失った。


八年前のその日のことを、セシーリアはたびたび思い出す。

エンデ村が地上から消えたあの日、セシーリアは誰かから呼ばれた気がして、こっそりと国境を越えた。発作が起きないように祈りながら、護衛の兵をせかして、エンデ村へと続く道を馬で向かったのだ。

一足早く村に行った兵は、青ざめた顔で戻って来ると、惨状《さんじょう》を報告し、村に行っても無駄だろうと告げた。

だが、あたりで生存者を探していたセシーリアたちは、森の中で折り重なるようにして倒れていたエマとマテウスを見つけたのだ。ふたりとも切り傷を負っていたが、命に別状はなく、離宮に連れ帰るよう指示した。

（あのあと、そうよ、わたしはひとりでけが人が他にいないか探しに行って……）

その先の記憶は道の突き当たりに至ったみたいに途切れて、いつもエマの泣き顔にすり替わる。

村が魔女狩りにあったのだと聞いたエマは、泣き崩れた。

『わたしが魔女だから、魔女狩りが起こったんです』

そう言って泣いていた。

セシーリアはエマをなぐさめたかった。

だから、彼女を抱きしめて、わたしも魔女よとささやいた。

『わたしもあなたと一緒よ』と。

自分が魔女だと身内以外に告げたのは、エマが初めてだった。

エマとは魔女の悲しみを――真実を他人に言えない悲しみを共有できた。

できた、と思っていたのに――。

意識を失っていたのは、さほど長い時間ではなかったのに、セシーリアは目を開けたとたん、不自由な格好に苦しむ羽目になった。

床に倒れた上、腕が背後に回されて、手首が縄でくくられている。足首も縄でまとめられ、さらにはシャツのボタンがはずされて、胸元がさらけだされているのには、ひどく驚いた。胸は布で巻いているけれど、薔薇《ばら》の痣《あざ》はしっかり見える。

しかし、最大の問題は、セシーリアの格好ではなく、エマと向き合っている美しい少年だった。

雪のように輝く白銀の髪、銀の瞳は冬の満月のように冴え、一点のくすみもない純白のローブを身にまとっている。

宙に浮いた少年の周囲には白い炎が乱舞し、無数の蛍火《ほたるび》のような白銀の光が絶え間なく床から噴出している。

そして、少年がまとっている圧倒的な魔力。

この気配には覚えがあった。

「魔王……」

セシーリアは絶望的な気持ちでその単語を吐き出した。少年は『白の魔王』と呼ぶべき存在に違いない。

「エマ、知っていたの?」

芋虫《いもむし》のように這って、エマの足下に近寄る。見上げるエマは落ち着いている。

「はい。この図書館の地下に封じられているのは魔王だと知っていました。兄さんのフリをしてこの図書館に潜入したとき、異様な気配の原因を知りたくて、館長室にある歴代の館長の日誌を片っ端から読んだんです。そこに冗談まじりの記述がありました。ここには書物を好む〝魔王〟が封じられているらしいと書かれてあったんです」

セシーリアは唇を噛《か》んだ。

エマは魔力が乏《とぼ》しいから、セシーリアとは違う方法で封印の意味を調べたのだ。おそらくはルードルフがいないときに館長室に入って、歴代の館長たちが積み重ねた記録から秘された真実を見つけた。

そして試したのだ。セシーリアを利用して。

「なぜ教えてくれなかったの？」

真実を知っていたら、封印は解かなかった。

「……レオン殿下には、若返りの魔法がかけられた……つまり、魔王は時を戻すことができるんですよね。魔王にお願いしたいことがあったんです」

エマは悲しげに瞼《まぶた》を伏せる。

悔恨《かいこん》に満ちた表情は、かつて、セシーリアの前で泣いていたときと同じだった。

「エマ……」

「魔女よ、願いはなんだ」

声変わり前の澄んだ声音《こわね》で、すべてを踏みにじるような高慢さをみなぎらせて、魔王は問うた。

「失われた過去を取り戻してください。エンデ村のみんなを……殺されたみんなを生き返らせてほしいんです」

「エマ、魔王と交渉してはだめよ！」

セシーリアはあせって制止した。

魔王に願いをかなえてもらおうとするならば、それに見合った代償を差し出さなければならない。彼らが満足する対価がなければ、魔王は動かない。

そして、それを決めるのは、あくまでも魔王たちだ。

果たして『白の魔王』は面倒そうに訊いてくる。

「代わりにおまえは何を差し出す？」

エマは唇を噛んでから、セシーリアをちらりと見下ろした。意味深な動作にぎょっとする。

「わ、わたし？」

「他人の女を差し出すとは、愉快な魔女だな！」

『白の魔王』が顎《あご》をそらして笑った。それから、笑いを含んだままエマを凝視する。

「みんなとは何人だ？」

「ひゃ、百四十五人」

エマの声が震えている。

「……なるほど、その程度の人数ならば、薔薇の咲く『もっとも高貴な魔女』ひとりでもかまわんが……しかし、他の男の女を奪うと面倒なことになるのは、人の世も我らの世界も同じ。

そこにいる花嫁は対価にならぬ」

『白の魔王』の拒絶にエマが青ざめる。

「で、では、どうしたら？」

「時を戻すならば、万に等しい命を我に捧げよ」

さらりと放たれた言葉に、セシーリアは目を剝《む》いた。

「ま、万って……！」

「時を遡《さかのぼ》り、運命をねじ曲げたいと望むなら、それくらいの犠牲が必要だ」

「そ、そんなことできません……！」

エマが首を何度も横に振る。

『白の魔王』はいったん手と手を合わせた。両手が離れると、白い光が集まって、ヴァイスブルク帝国の地図を形作る。

「魔女よ、万の命を殺せと言ったところで、おまえにそんな力はあるまい。この地図から適当な都市を選べ。そこの人間を我が代わりに殺してやる」

白い光が歓喜に満ちたように踊りくるった。

光の中心で宙に浮いたまま佇《たたず》む魔王は、楽しそうにエマを見ている。

エマが何度も喉《のど》を鳴らした。

「どうした？　恐ろしいなら、目を閉じて指をさせ」

「……で、できません」

搾《しぼ》りだすような声音《こわね》は、すっかり力を失っている。

魔王はエマに一歩近づいた。エマはすくんだように動けない。

「おまえにとって、百四十五人の命はなんとしても取り戻したいものではないのか？」

「で、でも……」

「愛する者を取り戻したいと願いながら、なぜ顔を知らない人間の命を惜しむのだ。顔を知らず、声も聞いたことがないなら、万の命はおまえにとって砂粒と同じだ」

エマが、何度も何度も唾《つば》を飲んでいる。

「いや、蟻《あり》と言い換えてもいいぞ。人の子は蟻の巣に水を入れて溺《おぼ》れ死なせる遊びをすることがあるだろう。そのとき、蟻がかわいそうだと思うか？　思わないはずだ。溺れる蟻を憐《あわ》れむか？　憐れまないだろう。蟻の命に何の価値もないと考えているからだ」

震えるエマの手が持ち上げられて、胸のあたりで止まってしまう。

「指をさして死を願え。万の命はおまえにとって蟻と同じだ」

白い鱗粉《りんぷん》が空間を満たし、前後も左右も白く染まっている。

『白の魔王』の結界は、吹雪《ふぶき》に包まれたようにすべてが真っ白だ。

「……できません」

エマが一筋の涙をこぼした。顎から伝う涙は床に届く前に蒸発して、消えてしまう。

「……哀れな魔女よ。おまえは手放そうとしているものの価値を知らぬ」

魔王が手を振ると、地図は白い光の粉と化してゆっくりと散っていく。

「おまえの願いを貫きたければ、誰かの願いを打ち砕かねばならぬ。他者を押しつぶす覚悟がある者だけが、欲しいものを手に入れられる。愚かな魔女よ、そんなことも知らないなら、なぜ我を呼ぶ」

憐れむようにそう言った次の瞬間、魔王は狡猾《こうかつ》そうに笑った。

「力なき魔女よ。我はおまえが不憫《ふびん》でならぬ。おまえの命と引きかえなら、望む者を取り戻してやろう」

全身の血の気が引いて、セシーリアは身をよじった。

「エマ、だめよ！　魔王の口車に乗っちゃだめ！」

「黄金の魔女は黙っていよ」

白い光が散って、セシーリアは突風に弾き飛ばされた。

結界の壁と呼べる部分に叩きつけられて、低くうめく。

「わたしの命と引きかえなら……」

エマがふらりと足を一歩出した。

背を向けているから、エマがどんな顔をしているかわからない。

「だめ――」

「おい、レオン！　いるのか!?」

力強い声が聞こえたとたん、セシーリアは安堵《あんど》で泣きそうになった。

「ルードルフ殿下、助けてください！」

ずだ。

「レオン、どこにいる？」

問われて、セシーリアは悟った。

セシーリアたちは『白の魔王』の結界に囚われている。おそらくルードルフには見えないはずだ。

（いいえ、見える！）

ルビーのように紅い彼の右眼ならば、この結界に包まれた世界が見えるはずだ。

「眼帯をはずしてください！」

「は？　何を言ってるんだ？　よく聞こえないぞ」

ルードルフが怪訝《けげん》そうにつぶやいている。

セシーリアは息を吸った。極限の力を振り絞《しぼ》って叫ぶ。

「眼帯をとりやがれ――――！」

ほんのわずかな時間だったはずだ。

ルードルフの呆然《ぼうぜん》とした声が聞こえてきた。

「……なんなんだ、これは」

「結界を壊してください！　殿下にならら可能です！　継ぎ目を斬《き》れば、結界は壊れる――――！」

言い終わる前にガラスが粉々に砕かれるような音が響いた。鼓膜が裂けそうな衝撃音に身体《からだ》を丸めていると、すぐ目の前にルードルフがあらわれた。

見上げると、深紅のルビーの瞳は眼帯からあらわになっていた。

剣を手にしたルードルフは、黒い瞳に冷たい光を浮かべ、片頰だけ持ち上げて、皮肉な笑いを浮かべる。

「……女に本気の殺意を抱いたのは、おまえが初めてだ」

「……光栄です」

「胸をはだけて、何をやっているんだ、お姫様」

そう言いながら、足首の縄に剣を当てて断ち切ってくれる。

「早く切って！」

「おまえな！」

手前勝手な言い分に、苛立《いらだ》ちをあらわにしながらも、ルードルフは手首の縄をも切ってくれる。自由になったセシーリアは、すばやく立ち上がると、エマに走り寄る。

「エマ……！」

背中のほうから声をかけ、並んだ直後、悲鳴をあげたくなった。

エマの胸には一切裂け目がないのに、心臓が取り出されている。

血にまみれた脈打つ心臓を摑《つか》んでいるのは、もちろん『白の魔王』だ。

エマは虚空を見て、身動きひとつしない。

「な、何を……！」

「……わたしと引きかえに、お父さんとお母さんを生き返らせてだそうだ」

舌なめずりをして心臓を口元に運んだ魔王だが、その姿勢のまま動きを止める。

『白の魔王』の背後にはルードルフが立ち、抜身の剣を喉に水平に当てていた。

「……人の武器で我が殺せると思うか」

「試してみていいか？」

ルードルフの人を食ったような返答に、魔王は皮肉げな微笑を浮かべる。

「……我に向かって、ずいぶん舐《な》めた口をきく」

「いいから、心臓を早くエマに戻して！」

セシーリアの悲鳴にやれやれとでも言いたげな顔をしてから、『白の魔王』は心臓を無造作《むぞうさ》にエマの胸の中に突っ込んだ。

皮膚《ひふ》を一切傷つけることなく指を埋め、心臓を元の位置に戻す。

だが、エマの虚《うつ》ろな視線に力が戻ることはなかった。

いきなり両膝をついたエマは、うつ伏せに倒れる。

「エマ！」

彼女はセシーリアの悲鳴にも反応しない。瞼《まぶた》を開いた瞳に何も映すことなく、倒れ伏している。

「しっかりして！　エマ！」

そばに膝をついて背を必死に揺するが、エマの意識は戻る気配がない。

「エマ、だめよ！　マテウスが悲しむでしょう!?」

「黄金の魔女よ、無駄だ。その娘は死を望んでいる」

腕をゆるく組んで、『白の魔王』はセシーリアを憐《あわ》れむように見下ろした。

「死がその娘の希望だ」

「……そんなの許せるわけないでしょう!?」

今までずっと気づかなかった。

エマの絶望と悲しみの深さを。口先だけの励《はげ》ましで、セシーリアは彼女と想いを共有しているのだと思い込んでいたのだ。

「……絶対助けるわ。死ぬなんて、絶対に許さない」

すくっと立ち上がると、ルードルフが差し出している剣の切っ先を右手で強く握った。

そのまま掌《てのひら》を手前に引いて、皮膚を強引に刃で引き裂く。

「おい！　何を！」

驚愕《きょうがく》をあらわにしたルードルフの声を無視して、セシーリアは掌の裂けた傷からこぼれる血を『白の魔王』に見せつけた。

「エマを助けて！　代償はわたしの血よ」

金の瞳に力を入れて、『白の魔王』をきつくにらんだ。

魔王の花嫁の肉体と魂は魔王の糧《かて》になるのだという。ならば、セシーリアの血は願いの対価になるはずだ。

「『もっとも高貴な魔女』の血よ。これを好きなだけあげる。だから、エマを生かして！」

『白の魔王』の銀の瞳が満月のように輝いた。セシーリアのすぐ前に立つと、うつむき、掌に舌をぬるぬると這わせる。

まるでミルクを舐める子猫のようにぴちゃぴちゃと音を立て、口のまわりを真っ赤にしながら夢中で血を舐める魔王が顔を上げた。目を満足そうに細める姿は、本物の猫に似ている。

「はは、うまいぞ、黄金の魔女よ！　おまえの望みをかなえてやろう！」

『白の魔王』は宙に浮いたままエマの左胸に手を差し入れると、心臓に直接触れているようだった。

ほどなくして、エマの瞼がぴくりと動き出す。

「エマ！」

安堵《あんど》すると、掌の傷がようやくじくじくと痛みだす。

なんとか表情を崩さないようにして痛みに耐えていると、『白の魔王』がセシーリアに正対する。にやりと笑う姿は、決して飼いならせない猛獣じみていた。

「おまえのギラギラした目を見ていると、我をここに封じた魔女を思い出す」

「いったい、誰のことなの？」

「人間どもはあの女のことをこう評した。ペチコートを着た肉体には、鋼《はがね》の鎧を着た魂が宿っているとな」

「女帝ローゼマリーが魔女……！」

帝国を統一するという大事業を成し遂《と》げた女は、魔女だったのだ。

「『白の魔王』よ、あなたはなぜここにいるの？」

「知恵の重みで獣《けだもの》を閉じこめよというのが、あの女との契約だ。我は契約に従うのみ」

「契約……」

「我を二度と呼ぶな、黄金の魔女よ。次に呼んだときは、おまえを八つ裂きにしてやろう」

なつくことを知らない獣のように笑うと、足下から白い光がほとばしった。

あまりのまぶしさに瞼を閉じる。そうすると、消耗《しょうもう》しきった身体からすとんと力が抜けた。

（ああ、だめ）

しっかりしなければと思うが、極限まで緊張しきっていた身体が緩《ゆる》んでしまうと、再び力が入らない。

「おい、しっかりしろ！」

ルードルフの声がする。温かい腕が、たくましい身体が、自分を抱きしめてくれる。

そのことに安心してしまったら、もうだめだった。

セシーリアの意識は、黒くて深い闇の中に滑り落ちていった。

終章

図書館で騒ぎがあった五日後の朝、セシーリアは静養していたルードルフの邸《やしき》の庭のベンチに座っていた。

白い石造りの邸宅は、青く塗られた三角の屋根と飾りのような小塔が特徴のすがすがしい建物で、前庭の中央には噴水があり、周囲にはふんだんに木々が植えられている。ベンチの上にも枝が伸び、木漏れ日《こもれび》がやわらかく落ちてきた。

司書の制服を着たセシーリアは包帯の巻かれた右手を見た。傷はまだ治りきらない。

医者はもしかしたら痕になるかもしれないと案じていたが、あまり気にならなかった。誤ちを忘れないためにも、この傷痕は残しておいたほうがよい。

「セシーリア様」

歩いて来たマテウスに声をかけられ、セシーリアは立ち上がろうとしたが、マテウスに制止された。

「お身体は大丈夫ですか？」

「大丈夫。もうすっかり元気」

あのあと、丸一日寝込んだが、起きたらすっきりしてすぐに動けるほどだった。

今日まで閉じ込められていたのは、念のために養生《ようじょう》するようにという医師の助言があったのと、ルードルフの〝都合〟のせいだ。

「マテウス、座ったら」

「はい」

マテウスは隣に腰かけると、セシーリアに静かに頭を下げた。

「すみません、セシーリア様。殿下に隠し通すことができず――」

「いいのよ。だって、正体がバレたのは、わたしのせいだもの」

セシーリアは苦笑しながら右手を見た。

あの夜、図書館近くの教会が火事だと報告を受けたルードルフは、すぐにそれが陽動だと気づいて、迷わず図書館に向かったらしい。

理由は知らないが、セシーリアが図書館に執着しているのは明らかだから、必ずいるはずだと予測したのだという。

(薔薇《ばら》を見られたら、もうお手上げだもの)

セシーリア王女のときとレオンの恰好《かっこう》のとき、それぞれに胸の薔薇を見られたのだから、言い訳しようがない。

「ルードルフ殿下に事情をお話しされたのですか？」

「したわよ！　ねえ、ひどいと思わない？　わたしが寝ている枕元の椅子《いす》に座って、洗いざらい吐け、白状しなかったら、二度と外に出さないって脅《おど》すのよ。そんなこと言われたら、話すしかないでしょっ！」

今さらながらに頬《ほお》をふくらませてみせた。

ルードルフは、黙るならいつまでも付き合ってやると脅迫してきたのだ。

『俺も〝重傷〟でしばらくは動けない身だから、何日でもお姫様のそばに侍《はべ》ってやれるぞ』

と口元だけで笑いながら言われたら、すべてを白状するしかなかった。

（まさか、わたしが病弱なのは嘘だというところから話しだすことになるとは思わなかったわ）

自分の来歴からヴァイスブルクに潜入した理由から、洗いざらい白状する羽目になった。

むろん、ルードルフを殺害するよう『赤の魔王』に依頼したことも、右眼のことも謝罪した。

怒鳴りつけられることや殴《なぐ》られることとさえ覚悟していたのに、ルードルフは大して気にしていないように流すから、ますます申し訳なくなって、ベッドに座って何度も頭を下げたのだ。

「マテウスも怒られた？」

「あんなに怒られたのは、死んだ父親以来だというくらいに怒られました」

マテウスが遠い目をして答えるから、セシーリアは息を呑《の》んで問う。

「そ、それで処分はどうなったの？」

マテウスは敵国の王女であるセシーリアの正体を偽って、ヴァイスブルクに引き入れたのだ。

少なくとも、役所は辞めさせせられるのではと危惧《きぐ》していたのだが、さらに厳しい罰がくだるのだろうか。

「今の役所は退くことになりましたが、殿下の個人的な秘書として雇われました」

「え？」

「お咎《とが》めはなしだそうです。その代わり、セシーリア様のことは他言無用だときつく言い渡されました」

「それだけ？」

拍子抜けして訊くと、マテウスが複雑な顔をしてうなずいた。

「わたしも信じられませんが、処分はそれで終わりです」

セシーリアがうつむいて考えていると、マテウスはぽつりとつぶやいた。

「殿下はなぜわたしを優遇してくださるのでしょうか。わたしより優秀な人間はいくらだっております。それなのに、殿下は罪を犯したわたしを罰せず、自分の手元に置いておくとおっしゃるのです。わたしは殿下のお考えが理解できません」

マテウスの問いに、おそらくルードルフは一生答えないだろう。

そして、セシーリアも答えない。

（……すべての答えはルードルフが握っている）

以前、考えたことは真実だった。

ルードルフはみなの〝なぜ〟に答えない。しかし、理由を言わなくても、行動から答えが見つかる。

少なくとも、セシーリアはマテウスの処遇から、ルードルフが口にしない〝理由〟がわかってしまった。

「エマは？」

彼女はこの邸にいったん引き取られたが、セシーリアが意識を失っている間に、マテウスのもとへと去ったのだ。

一番訊きたかったことをたずねると、マテウスがため息をついた。

「エマはアイトにいたくないと言い続けて――殿下に相談したら、ご自身の領地にある孤児院の世話役の職につけばいいとおっしゃってくださいました」

「エマ、アイトにいたくないって言っているの？」

「……セシーリア様、エマは何かしたのですか？」

マテウスはエマが魔女であることを知らない。だから、図書館で何があったのかは話せない。

セシーリアは、ルードルフにもマテウスには黙っているよう口止めをしたのだ。

「何もしてないわ。けんかしたの」

「セシーリア様とですか？」

「そう。ちょっとだけ。だから、気にしないで」

マテウスはもどかしそうな顔をしたあと、結局は深く息をついた。

「……セシーリア様、出発前にエマがご挨拶《あいさつ》したいそうです」

少し離れた木の下に、エマが立っている。うつむいた横顔の表情が見えない。

たまらなくなって立ち上がると、彼女のもとへと走って行った。

「エマ！」

エマはセシーリアを見るや、ほろほろと涙をこぼしはじめた。

「姫様……」

「エマ、泣かないで」

エマの前に立つと、セシーリアは彼女の両肩を抱いた。

「姫様、わたし……ごめんなさい、ごめんなさい」

「謝らなくていい。エマは何も悪くない」

「でも、わたし、姫様を騙《だま》しました」

「エマ、わたしがエマだったら、きっと同じことをしたわ」

セシーリアはエマの涙を指でぬぐう。

「姫様……」

「エマは苦しかったのね。エンデ村のみんなのために何もできなかったと苦しんでいた。みんなを助けたくて、だから、魔王にすがろうと考えたんでしょう？」

セシーリアが微笑《ほほえ》みを向けると、エマが両手で顔を覆《おお》った。

「……でも、結局、何もできませんでした。魔王はみんなを生き返らせてくれるって言ったのに」

「エマは正しい選択をしたわ。間違ってない」

セシーリアが噛《か》みしめるように言うと、エマがおそるおそるといったふうに両手を下ろした。

「姫様……」

「エマは幸せを失う悲しみを知っているから、他の人から幸せを奪えなかっただけ。それは正しいことだとわたしは思う」

セシーリアはポケットからハンカチーフを取り出すと、エマの涙をぬぐう。

「ねえ、エマ。エマは村のみんなのために力を尽くした。だから、もう泣かなくていい。後悔もしないで」

エマは潤んだ灰青色の瞳をセシーリアに向ける。霧に覆われた湖のような瞳は、いつか晴れるときが来るだろうか。

来てほしいと祈りながら、セシーリアはエマを抱きしめた。

「エマ、また逢《あ》いましょう。わたしに逢ってもいいって思ったら、訪ねに来て。必ずよ？」

エマは負い目を抱いているから、セシーリアやマテウスと離れたいと考えているのだろう。心が凪《な》ぐときが来たら——前を向いて歩こうと思えるときが来たら、きっとセシーリアと笑いあってくれるはずだ。

「……姫様、お元気で」

「わたしは大丈夫。エマこそ元気でね」

会話の終了を悟ったらしいマテウスが近づいて来た。

エマの肩を大切そうに抱いて、ふたりは外へと通じる道を歩いて行く。

セシーリアは支え合うその姿を見送ると、振り返った。

噴水のそばに、ラフなシャツ姿のルードルフが腕を組んで立っている。

水盤の中央には、英雄に剣を授けた湖の妖精の立像があり、合わせた両手の間から絶え間なく水をこぼしていた。

セシーリアは背を伸ばして彼に近寄ると、にっこり笑った。

「……国に帰れ」

「嫌です」

微笑みを盾にして退けると、ルードルフが表情を険しくした。

「おまえは本当に俺の言うことに従わない」

「欲しいものはまだ見つかっていません。だから、帰れません」

「……魔女しか読めない魔法書とやらか」

「はい」

セシーリアは敵意がないと示す笑顔をこしらえて、違う方角から彼を攻略する。

「マテウスたちを守るのは、罪滅ぼしのためですか?」

まっすぐ彼を見るが、ルードルフはやんわりと目をそらす。

だから、セシーリアはさらに問いを深めた。

「エンデ村のみんなが死んだのは、あなたの命を救い、不死にするためではありませんか？

あなたに魔法をかけた魔女は誰です?」

はたから聞けば、飛躍した質問だろう。けれど、ルードルフならば理解できるはずだと、セシーリアは確信していた。

ルードルフは唇を一度引き結び、それから、あきらめたように嘆息《たんそく》する。

「魔女はなぜ炎の中で死ぬんだろうな」

「はい？」

「俺の母は、自分で自分に火をつけて死んだ。あなたは永遠に生きるのよ、と俺に言いながら」

セシーリアは瞼《まぶた》を開いた。

「ブリギッタ皇妃が魔女……」

アルブレヒトは離宮が焼け、ブリギッタ皇妃やコンラートの弟が死んだあと、ルードルフが変わったと揶揄《やゆ》していた。離宮が焼けたのは、近隣にあるエンデ村の事件のときだ。魔女狩りの報復として魔女が燃やしたのだと報告書にはあった。

しかし、真相はまったく違うのだ。

「離宮が焼けたのは、ブリギッタ皇妃が燃やしたからなんですね」

自らに火を放ったというのは、魔法の生贄《いけにえ》になるためだ。おそらく、ルードルフに不死の魔法をかけるための最後の犠牲だったはずだ。

「あなたのための魔女狩りだったんですね」

ルードルフがしばし沈黙してから、かすかにうなずいた。

セシーリアは自然と詰めていた息を吐く。

（おそらく、ブリギッタ皇妃は国境の警備兵に暗示をかけて、エンデ村の人たちを殺させた）

暗示は、エンデ村の人々を襲撃して皆殺しにせよ、とでもいうものだろう。襲撃が終わったら、自分たちで殺し合えという暗示も仕込んでおいたはずだ。そうして、証言者を根こそぎ始末した。

自分ごと離宮を燃やしたのも、魔法の痕跡が発見されるのを恐れたからだろう。生き残るのはルードルフのみにして、魔女狩りとは無関係——どころか報復の被害者の側に置くことで、よけいな疑惑を抱かれないようにしたのだ。

「ブリギッタ皇妃は最後に発見されるのを、警備兵の日誌だけにしたんですね。日誌に魔女狩りだと書いてあったら、みんなが納得する——あるいは、やむを得ないと考えるだろうと予測したんです」

ルードルフが沈黙している。この沈黙は肯定の証《あかし》だ。

（魔女狩りは過去のものになったとはいっても、魔女への不信は社会に根強い）

魔女は殺されても仕方ないという風潮が、世の中には確かにある。

ブリギッタ皇妃はそれを利用したのだ。日誌の記述だけで——魔女狩りの一文だけで世間をなんとか納得させられると踏んで、殺戮の口火を切った。

（魔女が魔女狩りを起こすなんて……）

皮肉としか言いようがない。

「……なぜ殿下は死に瀕《ひん》したのですか？」

「母やコンラートの弟と一緒に滞在していた離宮で、兄上の放った刺客《しかく》に襲われた。いつもはやり過ごしていたが、あの日は運悪く深手を負った」

「……そういうことですか」

ブリギッタ皇妃がただの女だったら、ルードルフが死んで終わりだった。

だが、皇妃は魔女だったから、エンデ村の村民を犠牲にして、ルードルフを救ったのだ。

「マテウスとエマを守るのは、罪滅ぼしなんですね」

「……あのふたりから、俺はすべてを奪ったからな」

地面に視線を落とすルードルフには、深い悔恨《かいこん》がある。

自分のために死んだ人たちに、心の中で、きっとずっと詫びているのだろう。

「俺のせいじゃないって思わないんですか？」

「本意じゃなかったと言えば、死んだ奴らは俺を赦《ゆる》してくれるのか？」

その一言で、彼がどれほど悔《く》いているかわかって、セシーリアは瞼を閉じた。

（ルードルフは自分のための犠牲を当然だと考えていない）

支配する側にいても、される側の嘆《なげ》きの声がちゃんと聞こえる人だ。

そのことに泣きたくなるほど胸が痛くなりながら、セシーリアは静かに瞼を開けて、彼を見つめた。

「殿下がお望みなら、不死の祝福を解くことはできますよ」

ルードルフが驚いたように目を見張る。

「……そんなことができるのか？」

「ただし、『運命《さだめ》の円環《えんかん》』が必要です。あれがないと、解けません」

「つまり？」

「僕、まだ司書として働かせていただかないといけないんです」

レオンの呪いだって解けていないのだ。絶対に図書館から追放されるわけにはいかない。

愛想よく笑ってやると、ルードルフがとたんに渋面《じゅうめん》になった。

「だったら、解いてもらわなくていい」

「僕しか解ける人はいませんよ」

止《とど》めを刺すように言ってやると、彼は限界まで眉《まゆ》を寄せた。

「遠慮《えんりょ》する」

「もう二度と解ける人と会えないかもしれないのに？」

小首を傾《かし》げてやると、ルードルフが片頬だけで嗤《わら》う。

「おまえはやはり小賢《こざか》しい奴だ」

「お褒めの言葉だと受け取っておきます。それじゃ、僕、お勧めに行きますから」

背を向けても、ルードルフは引き留めない。

それを承認だと判断して、セシーリアが歩き出そうとしたとき、石つぶてのような問いをぶつけられる。

「どこかで会ったことがあるか?」

振り返って、満面の笑みを向けてやった。

「夢の中でも、お会いしたことはありませんよ」

一歩足を踏み出せば、自由と解放感が胸を満たす。

セシーリアは希望という二文字を大切に抱えると、木漏れ日《こもびび》の下を歩いて行った。


小さくなるセシーリアの背を見ながら、ルードルフはため息をついていた。

「……なぜ、あんなおかしな娘になるんだ?」

八年前、ルードルフが十四のころ会ったときは、涙にくれる可憐《かれん》な少女だった。

いや、冷静に考えたら、あのころから行動力があったのだろうが。

足下に視線を落とすと、幻の炎が地面から噴き出す。

死の闇に呑まれたはずのルードルフが意識を取り戻すと、離宮には仕えていた者たちの死体が到る所に転がっていた。最後に訪れた部屋には、従者だったコンラートの弟の死体と微笑む母がいた。

燭台《しょくだい》の火をドレスに移しながら、誰よりも美しい母は、歌うように言った。

『ルードルフ。母様が焼けたら、誰もあなたを殺せない。どんな傷も病も、すぐに癒《い》えるわ。わたくしの可愛《かわい》い子。あなたは永遠に生きるのよ』と。

母を呑《の》み込んだ焔はあっという間に大きくなって、離宮の床を、壁を焼いていく。

夜の闇の中を無我夢中で逃れたルードルフは、どこをどうやって走ったのか、足を滑らせて山の斜面を転がり沢に落ちたのだ。

次に目を覚ましたとき、月の光の下でもわかるほど美しい少女がそばにいた。

金色の瞳を潤ませて泣きながら、横たわったルードルフの傷にハンカチーフを押し当てている。

『大丈夫？　痛いでしょう？』

泣き声の問いかけに浮かんだのは、母の言葉だった。

身体《からだ》のあちらこちらが痛むからけがをしているのだろうが、この傷は癒えてしまうのだろうか。見られたくないから、とっさに言った。

『俺のことはほうっておけ』

『そんなことできるはずがないでしょう!?』

きっぱり言って、少女が傷を押さえる手に一度力を込めた。

『待っていてね。誰か助けを呼ぶから』

遠くからいくつもの声が聞こえる。

『セシーリア様』

『王女殿下、どこですか』

少女は立ち上がると、声のほうへと駆けだした。

『ここよ！　けがをした人がいるの！』

彼女の背中が木立に消えてから、ルードルフはあわてて立ち上がった。

身体のあちこちに激痛が走ったが、かまっていられなかった。

身を隠す場所を求めて逃げ惑いながら、決して忘れまいとするように少女の名を飴玉《あめだま》のように口の中で転がした。

セシーリアという名は甘く、胸の奥に溶けきれないで、いつまでも残り続けた。

アイトに戻って、その名がローザンヌの王女であり、病弱のために離宮に隔離され、誰も会ったことがない少女のものだと知った。

(やっと謎が解けた。病弱なのに、国境を越えて生存者を捜したり、男装して図書館に来たりした理由が)

病弱という単語と異様な行動力が吊りあわず、ルードルフは混乱していたのだ。

(魔女か)

おぞましいと思わないのは、母が魔女だったからだろうか。それとも、セシーリアが魔女という単語の闇と相容《あいい》れないせいだろうか。

光の色をした少女は、初めて男の姿で会ったときにさえ、懐かしいような思いを胸に抱かせた。

(覚えているのは俺だけか)

助けようとしてくれた少女に、ずっと恩返しをしなければと思っていた。

だから、ローザンヌとの戦争も放棄《ほうき》した。

ルードルフはどんな勝手をしても、失脚などしない。いまだに母を忘れない父は、ルードルフに異様に甘かった。

（いつまで俺のそばにいる？）

自分のことで手いっぱいの少女は、ルードルフの心の内など読み取ろうとしないだろう。

だから、この誓いも届かないはずだ。

いや、彼女に知られたら、得意げな顔をして切り札のように振り回すから、絶対に告げられないのだ。

喉《のど》の奥でかすかに笑う。

「必ず守ってやるぞ」

つぶやいた言葉は風にさらわれて、誰に聞かれることもなく、天に昇っていった。

あとがき

初めまして、あるいは、こんにちは。日高砂羽《ひだかさわ》です。

新作を出させていただけることになりました。なんと二年以上ぶりとなります!!

こんなに間があくと、今作でデビューの新人です♪　と書いてしまっても、信じてもらえるんじゃないかと思いましたが、さすがに図々《ずうずう》しいですね。やめます。

というわけで、お久しぶりの今作は、男装ヒロインが主人公です。

せっかく男装させるなら王女様がいい。男装したなら潜入調査がお約束だけど、行くなら敵国がいい！　というわけで、それだけはやめてくださいと言いたくなるような、ちょっと無謀《むぼう》な王女様・セシーリアが誕生いたしました。

お相手となる皇子様は、眼帯ヒーローです。

このお話のプロットを作成したのは、ほぼ一年前なのですが、そのころ、猛烈に眼帯ヒーローが書きたかったのです。

もちろん眼帯は飾りじゃありませんよ！　眼帯をするなら、ちゃんと理由がないといかんのだよ！　わたしも気合を入れました。

今回、セシーリアが潜入するのは、敵国・ヴァイスブルク帝国の女子禁制図書館です。図書館、いいですよね。お仕事の資料を借りるときにお世話になるのですが、わたしが借りる本の多くは閉架書庫にあり、いつも職員さんに探してもらいます。

そのたびに、わたしも閉架書庫入りたい――！　と思うのです。

書庫を歩き回って、気になるタイトルの本を片っ端から集めたいという夢想に取り憑《つ》かれるわけですが、もちろんかなわぬ夢。

ならば、セシーリアにやってもらおうと相成りました。

ともあれ、セシーリアは物語のヒロインです。図書館にこもって、目当ての本を探す簡単なお仕事とはなりません。

待ちかまえる男どもは曲者《くせもの》だらけ。

というわけで、ドンドンされまくっております。

ドンシーンが多いのは、久しぶりの新作のため、いっぱいサービスしなきゃ！　という気合のあらわれだと思って読んでいただけると幸いです。

ちなみにプロットでは、ドンシーンはそれほどなかった――どころか、セシーリアとルードルフの性格が違っていました。

そもそも書こうとしていたのは、ぽわわん天然ヒロインちゃんが世話焼きおかんなヒーローに世話をやかれまくるお話ですからね。

ところが本文を書きだすと、セシーリアはぽわわんヒロインになることをあっさり拒否。初登場シーンから強気を押し出す始末。

ならば、ヒーローはどうかと思えば、いつの間にやら、がみがみお父さんになっていました。

プロットのヒーローとヒロインとは全然違うぞ、なんだこれ、と思ったときには、ふたりとも思うがままに行動し始め、手に負えなくなっていきました。

プロット通りに小説を書いたことなんて一度もないけど、ここまでキャラがあさっての方向に突っ走るとは思いもよらず。

おかげで、プロットがほぼ役立たずになりました。

というわけで、プロットにはほとんど目を通さず、キャラたちの行動にまかせることにしました。考えてみれば、プロットの中のキャラには、まだ血が通っていませんもの。

本文の中のキャラの性格が本来のものなんでしょう、きっと。

ちなみに、わたしが作成したプロットで、本気で役立たずなものには、「色々あって、ヒーローとヒロインが仲よくなる」と書いてありました。

中盤の展開を〝色々〟でまとめる無責任ぶりに、我ながら泣いた。

過去の自分からの嫌がらせかと思いました。もちろん、本文を書きながら、〝色々〟の内容を必死に考えましたよ、ええ。

と書いているうちに紙幅が尽きるころになりました。

イラストの紫《むらさき》真依《まい》様。

男キャラの独特の色気に、拙作《せっさく》のイラストもお願いしてみたいなと思ったのですが、ラフを見たときに、大正解だったと確信しました！　頭の中にいるキャラがそのまま出現したかと思うようなイラストばかり。セシーリアは男装キャラなのに、しっかり可愛《かわい》い！　ルードルフは自ら不幸を招きそうな顔をしているはず、と思っていたら、本当に幸薄《さち》そうな顔をしていて、とても感激しました。すばらしいイラストをありがとうございます！

担当様。今回こそは締切より早く原稿を提出してドヤ顔したいと思うのに、いつも原稿が遅くて、すみません。適切なご指導ご意見をありがとうございます。

本の制作から流通にかかわる方に心からの感謝を。

そして、読者の皆様。この本を読んで、少しでも楽しいひとときを過ごしていただければ嬉しいです。

それでは、また新しい物語でお会いできればいいなと願っております。

日高砂羽

※この作品はフィクションです。実在の人物・団体・事件などにはいっさい関係ありません。

この作品のご感想をお寄せください。
日高砂羽先生へのお手紙のあて先
〒101―8050　東京都千代田区一ツ橋2―5―10
集英社コバルト編集部　気付
日高砂羽先生

ひだか・さわ
長崎出身、長崎在住。７月28日生まれ。獅子座のＡ型。趣味は読書とドライブしつつの温泉探訪。小説の執筆が続くとまったり温泉どころではなくなるのが最近の悩み。コバルト文庫に「天命の王妃」シリーズ、「公爵様のパティシエール　死神とマドレーヌ」がある。

魔王の花嫁と運命《さだめ》の書
男装王女は潜入中！

COBALT-SERIES

2015年９月10日　第１刷発行
★定価はカバーに表示してあります

著　者　日　高　砂　羽
発行者　鈴　木　晴　彦
発行所　株式会社　集　英　社
〒101－8050
東京都千代田区一ツ橋２―５―10
電話
【編集部】03-3230-6268
【読者係】03-3230-6080
【販売部】03-3230-6393（書店専用）

印刷所　凸版印刷株式会社

ISBN978-4-08-601872-2 C0193

好評発売中
コバルト文庫
公爵様からの依頼は恋と波乱の始まり!?
公爵様のパティシエール
死神とマドレーヌ
日高砂羽
イラスト／春乃えり
天涯孤独のレティシアはパン屋で働いている。ある日、火事で自宅を失うと、常連客の青年アンリから頼まれ事をされて…!?

新作